果てしのない世界め

少年アヤ

平凡社

つむいだ言葉は花になり
ぼくのこころに咲いている
つむいだ言葉は風になり
ぼくのこころに吹いている
枯れない花と
さめない夢

＊＊＊

山のふもとのその森は、つねにうす暗く、そこらじゅうに岩石がころがっていて、ハイキングに訪れたひとたちすら避けて通るような森だった。

ひとに愛されなかった森は花や動物たちにも愛されず、ある岩石はさみしさからいびつな奇岩《きがん》になった。奇岩はかいじゅう岩と呼ばれ、ただそこにあるだけで、この世のかなしみはすべて自分のせいだと信じていた。

かいじゅう岩のまわりには卑屈な木々がうねうねとからみあい、根元ではやはりきらわれ者のドクダミが、ここでしか咲けないというふうに咲いている。

孤独な森を、少女はただひとり愛していた。

厳格な父のいるお屋敷をぬけだし、みずみずしい空気をめいっぱい吸い込みながら、森じゅうの景色をスケッチブックに描いてまわる。

森は、そんな少女にすこしでもいいところを見せようと気張って花を咲かせては、すぐに枯れさせてしまう。

花の育たないその森を、少女はそれでも愛していた。

⁂

ある春の終わり、いつものように絵を描いていた少女の背後に、とつぜん父親が現れた。おどろいた少女が振り向くと、父親はすぐさまスケッチブックを取り上げ、それを思いきり引き裂いた。筋肉質なシャツの腕に、うすいブルーの絵の具が血のように飛び散っていくのを、少女の瞳は鮮明にとらえている。

引き裂いたスケッチブックを地面に投げ捨てると、父親はおおきな手で少女の頰《ほお》を打ち、引きずるようにお屋敷へと連れ戻していった。

少女は容赦なく肌をえぐる岩石から身を守ることに必死で、声をあげることもできない。

⁂

静まる森のかいじゅう岩は、夜のとばりにかくれて泣いた。

自分のせいだと泣いていた。

もくじ

祖父の棺　11
櫻子　28
遊園地　46
ゆずこ　57
彼のアパート　77
果林　90
祖父の森　110
みかげ　116

残響　136
リリィ　142
母の王国　153
鬼ヶ島　164
シュークリームの檻　167
あたらしい子供たち　175
(○)　191

写真　yuichi tanizawa
装幀　佐々木暁

果てしのない世界め

祖父の棺

昨夜、祖父が死んだ。享年《きょうねん》八十八。心臓の病気で苦しみぬいて、とても安らかとは言いがたい死にざまだったらしい。

母から危篤の連絡をもらったとき、ぼくはギャラリーの仕事が忙しいなんてうそをついて病院に行こうとしなかった。

それでなにをしていたかというと、なにもしていない。新宿の駅前のカラオケボックスになんとなく入って、広い窓からただ喧騒を見下ろしたりしていた。

年末に倒れて、入院してからのお見舞いにも一度くらいしか行っていない。めんどくさいとか、祖父の死を認めたくないとか、そういうわけじゃない。

ぼくは、祖父に会うのがいやだった。

長いあいだ教師として働き、退職をしてからもずっと教育に携わっていた祖父は、いつも正しさのなかにあろうとするひとだった。

その生き方は、そんなふうには生きられないすべての人をうしろめたくさせ、祖父自身のこともきつく縛った。なぜそうまでして正しくありたかったのかはわからない。なにひとつ語ってはくれないまま、祖父は死んでしまった。

重く冷たいヒトラーのような顔つきで、祖父は正しさを愛しぬいた。すこしでもそこから外れたり、口ごたえをしたとみなされれば、たちまち鉄鎚《てっつい》がくだされる。だからみんな、祖父の言うことにはしたがうしかなかった。自分の子供にはとくに厳しかったという。

長女であるぼくの母は、かつて祖父の猛烈な反対にあって、夢を捨てなければいけなかったらしい。それどころか、お見合いや結婚の相手さえ、祖父は勝手に決めてしまったという。

おかげで、父と母は、あべこべの靴下みたいにちぐはぐで、ちっとも仲がよくない。

孫たちには比較的やさしかったけれど、初孫のぼくは、ずいぶんときびしく躾《しつ》けられてきた。ちょっとした言葉遣いや、箸の持ちまちがえで怒鳴られたりすると、身がすくんで、ますます失敗を繰り返してしまう。

へたれなぼくは叱られてばかりで、めったに褒めてもらったことはない。

けれど祖父は、ぼくを本当の意味で否定したことなんて、ただの一度もなかった。


ぼくは昔から、女の子の遊びが好きだった。

お人形が、リリアンが、ビーズ遊びが好きだった。特別な意味なんてない。うつくしいから、きれいだから、それだけだ。

けれど三歳のとき、母に連れられて行った近所の公園で好きなもののことを口にした途端、まわりの大人たちから笑顔が消え、あっという間に居場所がなくなった。ぼくにとって意味がなくても、世間にはとっくに意味が用意されていたのだ。ぼくの手を痛いくらいに引っぱって、昼下がりの公園から逃げるように去っていく母の悔しげな顔は、いまも胸に焼きついている。

公園での一件があってから母は神経質になり、家の外や、祖父の前では絶対に、好きなもののことを話してはいけないと口を酸っぱくして言うようになった。

理由を聞かなくても、母のおびえきった表情を見ればわかる。

ぼくが正しくないからだ。

厳格な祖父はきっと、怒り狂うにちがいない。

それでぼくは、いつもピストルやミニカーを欲しがるような、ふつうの男の子になりきっていなくてはいけなかった。


あれは五歳のクリスマスだった。

例年どおり、親戚じゅうで祖父のお屋敷にあつまって食事をしたあと、子供たちが祖父の前に呼び出された。

お座敷のいちばん奥にどっしりと座っている祖父は、頭にサンタクロースの帽子をかぶって、照れ笑いを無理に嚙み潰したような表情を浮かべている。それはいつもぶっきらぼうだった祖父の、めずらしく人間味のある表情で、ぼくにとってクリスマスとは、祖父のそんな表情が見られるというだけの一日だった。それ以外には、おもしろいことなんてひとつもない。

子供たちは祖父の前に並んで正座をし、名前を呼ばれた順に返事をしてプレゼントを受け取っていく。この返事がちいさかったりすると、翌朝までお預けになってしまうのだけれど、ぼくはいっそのことそれでも構わなかった。どうせ本当に欲しいものなんて、もらえやしないのだから。

最後にぼくの番がきて、はいと返事をすると、ひときわおおきなつつみを手渡された。ずしんとした重みは、これからこなす役割の重さでしかない。

開けてみなさい、という祖父の声にしたがって、子供たちははしゃぎながら、いっせいにつつみをやぶいていった。ぼくは感情のないロボットになって、うつくしいリボンを誰よりも丁寧にほどきはじめる。

中身が現れたら、きっとめいっぱいはしゃいでやろう。雪の日の犬みたいに、そこらじゅうを走り回ってみせよう。

そう思っていたのに、いざつつみのなかから現れた真っ黒なラジコンカーを目にしたぼくは、泣きだしてしまった。こんなとっておきの日にさえ、本当に欲しいものを与えてもらうことのない自分が、まるで誰からも祝福されない存在みたいに思えたのだ。

大人たちが困惑するなか、必死に涙をこらえようとしていると、祖父はのっそりと立ち上がって、ぼくの前にしゃがみこんだ。

「どうした。お前、うれしくないのか」

鬼みたいな、祖父の低い声。ちらりとまわりを見ると、戸惑う大人たちに混じって、母が青ざめた顔をしている。

ぼくは、自分が怒られるぶんにはよかった。公園のときのように、母がつらい思いをするのがいやだった。せめて、なにか言い訳をしなくてはいけない。

けれど、口をついて出たのはまったくちがう言葉だった。

「ぼく、ほんとうはお人形さんが欲しかったんだよ」

テレビのコマーシャルで見た、お姫さまのお人形だった。

金色の長い髪に、宝石のたくさんついたティアラをのせて、ドレスの裾《すそ》からは透明なガラスの靴が覗《のぞ》いている。

欲しいだなんて、思うことすら許されない気がしていた。母にだって黙っていたし、自分の気持ちにだって蓋《ふた》をして、必死に心から追いだしていた。

なのにどうして、あのときあんな言葉を吐いてしまったのだろうと思うけれど、無理もないのかもしれない。ぼくは大人でもなければロボットでもない、ただの五歳の子供だったのだから。


大人たちのあいだに、どよめきが走っていった。横にいたいとこたちもヒソヒソと顔を見合わせて笑っている。

公園のときと同じだった。母は罪人のようにうつむいたまま、決してぼくのほうを見てくれない。

見放されてしまった。

ぼくは犯した失敗のおおきさに気がついて、体が震えはじめた。

すると祖父は、震えるぼくの肩に、皺《しわ》の寄った硬い手のひらを置いて言った。

「よし。じゃあ、いまからでも買いにいこうじゃないか」

びっくりして顔を上げると、祖父はいつものむすっとした顔で、ぼくを見ている。表情からはなにも読み取れない。冗談なのか、本気なのかもわからない。

しかし祖父は、すぐによそ行きの外套《がいとう》に着替えると、ぼくを閉店間際のデパートへ連れだして、本当に人形を買ってくれた。

ひとのいないおもちゃ売り場で、人形の入ったつつみをぼくに差し出しながら、祖父は言った。

「裕一郎、いつも胸をはっていなさい」

ぼくは人形を買ってもらえたことがうれしくて、夢のようで、すぐにはいと答えることができなかった。

普段礼儀に厳しい祖父は、なぜかそのときだけはぼくを叱らず、静かで強いまなざしを、ただぼくに向けてくれていた。

お屋敷に帰ると、人形を抱えたぼくを見て、大人たちはみんな、あの厳しいおじさんがなぜ、と囁《ささや》きあった。

あの子に同情しているんだとか、おじさんらしい正義感によるものだろうというのが大人たちに編みだせる精いっぱいの答えだったけれど、誰も愛という言葉を使おうとはしなかった。


祖父のおかげで、ぼくはいつだって、好きなものを好きと言える子供になれた。クリスマスもお誕生日も、他の子と同じくらいに楽しむことができる。あるときは立派なドールハウスを、あるときは木製のおままごとのセットを、祖父は堂々とぼくに与えてくれた。

しかし祖父ひとりが受け入れてくれていても、ぼくが世間にとってはみ出し者であるという事実は変わらなかった。

女の子とばかり遊んでいたせいで、幼稚園でも小学校でも毎日「おかま」といじめられ、親戚のなかでもつねに笑い者だった。

とくに母の弟である叔父は、ぼくを「失敗作」と言って、わけもなく罵ってくる。

そういうとき母は、わざとらしいほどぼくから目をそらすか、親戚たちと一緒になって笑っていた。そしてそのあとはきまって、そんな自分を悔やむように、ぼくを抱きしめて泣くのだ。

そういう日々の積み重ねで、ぼくは思春期になるころには、カメレオンのようにその場の空気に順応してへらへらしたり、ピエロのようにおどけたりして、ふりそそぐ嘲《あざけ》りを受け流す術《すべ》を身につけていた。

それは祖父に言われた「胸をはっている」こととは正反対で、ほの暗い川の底から、さらさらと水面を流れていく自分をただ見ているような、卑屈な姿勢だった。しかしそうする以外に、ぼくは生きていく方法がわからなかった。

祖父はそんなぼくをしょっちゅう書斎に呼び出し、「しっかりしなさい」と叱りつけた。そのたびに、ぼくはつよい反発を覚えた。みんながみんな、祖父みたいに強いわけじゃない。

それでとうとう祖父の前でもおどけてみせると、祖父はあきれたようにため息をついて、書斎から出ていった。ひとり残されたぼくは、窓際のビロードのカーテンが、降りてきた山の風にゆれるのを、ぼんやりとみつめている。

祖父に会いたくなかったのは、そういう理由だった。やがて死に際にも駆けつけられないくらいに、ぼくの心は閉じきっていた。

買ってもらったものもすべて捨ててしまったけれど、それでもあの人形だけは、いまでもきちんととってある。命のつぎに大切な、ぼくの宝物だ。

そして、ぼくの罪の証《あかし》だ。


葬式の当日、行くかどうか散々まよって葬儀場に着くと、ちょうど出棺の準備が終わったところだった。遅れてすみません、と謝りながら親戚をかきわけて棺の前へ出て行くと、祖父の身体は棺のなかで、干からびた流木のように横たわっている。

生きている人間からは感じられるあたたかな血の流れを、そこから生まれる息吹《いぶき》を、まったく感じられない。

本当にこれが、祖父なのだろうか。弱っていく姿をほとんど見ていなかったぼくは、こけた頰の肉を眺めながら、騙《だま》されているような気持ちになってくる。

まわりの親戚たちは、誰も泣いていなかった。それどころか、長い嵐がやっと過ぎ去ったみたいな顔で、みんなのびのびと会話なんてしている。

こんな緩んだ雰囲気を見たら、祖父はなんて言うだろう。きっとものすごく、怒るんじゃないか。

棺のなかから怒りの形相で起きあがってくる祖父を思い浮かべながら、視線をまぶたから身体に移していく。すると、脇のあたりに、なぜかぼくの書いた詩集が置かれているのが目に入った。おどろいて声をあげると、背後にいる親戚たちのあいだから、たちまちいやな笑いがおこる。

どこにも居場所のなかったぼくは、自分だけの花園を必死で探しだした。

その努力の結晶というべきものが、この春出版された一冊の詩集だった。祖父はもちろん、親戚にも、母にすらも立ち入らせない、立ち入らせるわけにはいかない、ぼくだけの花園、ぼくだけの聖域。

背後から叔父の声がする。卑屈な声で、ぼくのつくった詩を、茶化すように口ずさんでいる。それを合図に、ほかの親戚たちが声をあげて笑いはじめた。ぼくという生き物を、ばかにしたくて仕方がないやつらの嘲笑《ちょうしょう》が、さげすむ息の根が。振り返らずとも、いやらしく変形した瞳がこぼれそうに歪んでいるのがわかる。

ふと見ると、棺の横で、うそみたいに喪服を着こなした母親が満足げに微笑んでいる。

いったいどうして、そんな顔をしているのだろう。

棺は蓋をされ、ゆっくりと炉《ろ》のなかへ入っていくだろう。乾いた祖父の肉体が、ぼくの花園ともつれあい、邪悪な黒煙にまかれてしまう。大事に育てたスズランも、腕いっぱいのカスミソウも、みんなみんな燃えてしまう。みんなみんな消えてしまう。

そのとき、天井に開かれた小窓から青空が見えた。にごりのない、迷いのない、五月の晴天。差し込んだ光の束が、いくつかの筋にわかれて、おいでおいでと手招きをしているみたいに見える。

ぼくはなんだか、その手の力強さを、知っている気がした。

だから走った。ぴたぴたの喪服が、ちぎれそうになりながら走った。引き止めようとする誰かのうでを振り払って葬儀場を出ると、鮮やかな空の下をがむしゃらに走って駅に向かう。

長い階段を一気に駆け上がり、改札を抜けてプラットホームへ降りると、ちょうどよく快速列車がやってきた。ぼくは迷わず、それに飛び乗る。

ぽっかりと口を開けていたドアが閉まり、ゆっくりと電車が動き出すと、呼吸が整っていくのと反対に、遅れて汗が噴き出した。

人のほとんど乗っていない電車には、なまぬるい空気がこもっていて、狭いロケットのなかみたいに蒸し暑い。

ぼくはもぞもぞと喪服の上着を脱いで、ハンカチで汗をぬぐいながら、宇宙へ行ったまま二度と戻って来なかった犬のライカを思った。

窓の外を見ると、電車は長い橋のうえを走っていた。川の向こうへ沈んでいく夕日のあたたかな色彩に、きゅっと縛っていた心がほどけそうになる。

「ママ」

思わず口にしてしまうと、夕焼けに染まる車窓と、喪服を着た母のまっしろな肌が頭のなかで混ざり、オレンジ・ケーキのようなせつない酸味が、じんわり口に広がった。


夕闇が深くなるにつれ、電車はどんどん速度を速めていった。うしろに追っ手でもいるんだろうか、なんて思いはじめると、本当にそんな気がしてきて、はやく、はやく、もっとはやくと、ぼくは必死で祈る。

やっとの思いで新宿に着くと、焦る気持ちを抑えて歩き、路地裏のちいさなマンションの一階にある、バイト先のギャラリーに入っていった。冷静でいるつもりだったけれど、大好きなオーナーのふたりの顔を見たら、ほっとして涙が溢《あふ》れてきてしまう。

ふたりはなにも言わず、ぼくをギャラリーの二階にある休憩室に入れてくれた。ぼくは泣きながら部屋の真ん中に置かれたえんじ色のソファに腰掛けると、そのままブラックアウトするようにプツリと意識をうしなった。

どれくらい時間が経っただろう。

目を覚ますと部屋の電気は消えていて、体にはうすいブランケットがかけられていた。部屋じゅうの空気が、ぴたりと静止している。それはぼくを起こすまいという、やさしい視線のようなものを孕《はら》んだ空気だった。ソファの前のテーブルには、ラップをされたサンドイッチとペットボトルが置かれていて、ドアの隙間からは、ギャラリーの白熱灯のあかりが、ほんのりとにじみだしている。それを眺めながら、ぼくは思った。

ここだけだ。確かな場所は、ここだけだ。

喉の渇きを感じ、一口だけ水を飲んで窓際に立つと、狭い新宿の空には星はおろか月すらも見えず、夜空は夜空らしからぬ薄闇を、いたずらに広げているだけだった。

櫻子

目が覚めると、折り重なったシャツが、花びらのようにぼくをつつんでいた。ゆっくりと身体を起こして部屋を見渡すと、おおきな磨《す》りガラスの窓から陽《ひ》がにじみ、空《から》っぽの部屋をやさしく満たしている。

すべりの悪い窓を開けると、アパートの目の前にある駐車場の片隅に一本の桜が立っていた。一仕事終え、やっと一息ついた五月の桜。細い枝が、もう風に吹かれるのもいやだというふうに垂《た》れている。

ここはどこだろう。

舞い込んだ風に前髪をめくられたまま、スニーカーのかかとをつぶして外へ出る。路地裏を抜けて、しばらく歩くと大通りにぶつかった。信号を挟んだ向かいにあるコンビニに入ってみると、あの街の、あのコンビニに売られていたのとおなじおにぎりが棚に並んでいる。

ぼくはおにぎりのふるい友人みたいな気持ちになって、そそくさとレジへもっていくと、裏の公園のベンチにすわりこんで食べた。

公園の隅には、塗装の剝《は》げかかった、いまにも錆《さ》びついて折れそうなブランコがひとつだけあって、小学生くらいの子供たちが楽しげに遊んでいる。

ぼくは東京に生まれた子供には、なにか特別な遊びをしていてほしかった。もっともっと、ぼくに東京を信じさせてほしかった。

しかしなんてことない、揺れるだけ。

なんてことない、笑うだけ。

葬式の翌日、ぼくはギャラリーのオーナーのひなぎくさんと不動産屋に行ってアパートを借りた。不動産屋のおじさんは、喪服姿で現れたぼくに動じず、淡々と契約の手続きをしてくれた。良くも悪くも、これが東京ってとこなんだろう。

運良くすぐに引っ越せる部屋が見つかったけれど、一週間はギャラリーで寝泊まりをさせてもらうことになった。服やなにかは、すべてひなぎくさんが買ってきてくれて、ご飯までご馳走になった。栄養満点で、なにもかもが大盛りな、ひなぎくさんの手料理。

そうして一人暮らしがはじまって、五日ほどが経った。毎日なにもやる気が起きず、机も布団もない部屋で、のろのろとカップヌードルやパック寿司を食べて生きている。すこし狭いけれど、急ぎで決めたにしてはなかなかいい部屋だ。窓からは、ちょうど新宿のビル群が見える。それでも陽が出ているうちは、なるべく外に出ることに決めていた。まっさらな壁がこわいからだ。そこに、もう二度と帰らないと決めたあの家の輪郭を描いてしまうから。

ふと気がつくと、ブランコから子供たちの姿が消えていた。濃いネイビーの空にはオレンジの光を残した雲がひとつだけ浮かんでいて、冬のようなつめたい風が、時折生ぬるい空気に紛れて吹いている。

ぼくはそろそろかな、と腰を上げ、家路を急ぐ人の群れに逆らって駅へと歩きはじめた。

駅前に着くと、大通りの信号を挟んだちょうど向かいに、妹の櫻子《さくらこ》が立っていた。

「こっちこっち、お兄ちゃん！」

細い腕をめいっぱい振りながら、ぼくに向かって叫んでいる。まるで天の川の向こうの恋人に、必死でシグナルを送るみたいに。

ぼくはまぼろしでも見ているような気分で、行《ゆ》き交《か》う車に消されてはよみがえるシルエットを見つめていたけれど、急に実感が湧《わ》いてくると、慌てて手を振り返した。

そうしてぼくたちは、信号が許すほんのすこし前に駆け出して、ぶつかりあうように再会した。

「久しぶり、櫻子！」

「お兄ちゃん、久しぶり！　東京ってすごいね。ほんとにすごい！」

櫻子は興奮しながら、途中で通ってきた新宿のひとの多さ、ビルの高さについてまくしたてた。元気そうだけれど、緊張しているのか、顔がほんのすこしこわばっている。

「まだ布団もなにもないから、今日は床に寝ることになるけど、大丈夫？」

「うん、全然へいき」

そう言いながら、櫻子は細い腕を猫の尻尾《しっぽ》のようにくるりとぼくの腕に絡ませた。肌が触れると、まるでコードでつながったみたいに、櫻子の心細さが伝わってくる。

同時に、ぼくは自分の心細さにも気づかされた。

そうだ、心細かったんだ、ここへ来てからずっと。

方向音痴な櫻子が覚えやすいように迂回《うかい》して、なるべく特徴のある道を選びながら、アパートへ向かう。途中、ぼくはすっかり慣れた口調で軽やかに言ってみせた。

「そうそう、近所においしいカレー屋があるんだ。ご飯、そこにしない？」

入ったことはない、ただ看板を見たことがあるだけのお店だった。

「カレー屋かあ。むかし、リリィが元気だったころに、みんなで行ったよね。横須賀の海軍のパレードをパパがどうしても見たいって言ってさ」

櫻子の笑顔に引き出されるように、小学生のとき、家族みんなでペットのリリィを連れて行った横須賀の街が思い浮かんだ。楽しかった。すばらしい一日だった。だけどそんな思い出のことだって、いまは忘れていたい。

「ごめん、やっぱり洋食がいいかも」

できるだけ明るく言ってみたつもりだけれど、櫻子はなにか感じ取ったのか、ちいさな声でうん、とうなずいただけだった。

ぼくが笑い者の失敗作だったせいで、櫻子はうんとちいさなころから、いろいろなことをがんばらなくてはいけなかった。

まだ言葉もわからないころから、母の言いつけでピアノやバレエの教室に通わされ、過酷なお受験をこなし、少女として可憐さを損なうようなことはすこしもしない。

器用な櫻子は心配になるくらい完璧にすべてをこなしていたけれど、三年前に大学受験に失敗したのをきっかけに、まったく母の言うことを聞かなくなり、なにもかも自分の好きにするようになった。

もうじき、バイトをして貯めたお金で、長いこと海外へ行くらしい。それは祖父が倒れる前から聞かされていたけれど、なにをしに行くのかは聞いていないし、ぼくも聞くつもりはない。きっと、そこはぼくにとっての詩集みたいなところにちがいないからだ。

部屋に着くと、櫻子は「ただいま」と言ってくれた。

その声がぼくの背中をすり抜けて、リビングの闇へ吸い込まれていくのを追うように、急いで電気のスイッチを入れる。スニーカーを脱ぐのに手間取って、すこし遅れて入ってきた櫻子は、ぼくのうしろから空っぽの部屋を見渡して、つまらなそうにつぶやいた。

「なんだ、本当になんにもない」

ぼくは、なぜか心のなかを見られたような気持ちになって、急に焦りだす。

「そうだって言ったでしょ。けどさ、窓を開けてごらんよ」

「窓?」

櫻子は、両手で窓を開けると、新宿の夜景を見てため息を漏らした。

「きれい……宝石みたい」

うっとりと見とれている櫻子の様子にほっとしながら、ぼくも横に並んで夜景を眺める。

「あの家からは、屋根に登ったってなんにも見えないからね」

墓石のように連なるグレーの屋根と、幾重《いくえ》にも張り巡らされた電線。低い鉄塔に監視され、萎縮しきったちいさな街。それが、あの家を囲む景色のすべてだった。

「わたし、あれを見るといつも、このままどこにも行けないんじゃないかって、気が狂いそうになる」

「うん、ぼくも」

ひやりとした、悪意のあるつめたい夜風が、ぼくと櫻子に吹いている。

「お兄ちゃんは、ここで生きていくんだね。こんなに広い東京で」

「そうだよ。素敵でしょ?」

「うん、素敵。だけど……」

夜景を見つめる櫻子の瞳が、ふっとかがやきを失う。

「だけど、なに?」と尋ねながら、なんとなくその先を言ってほしくない。

「だけど、なんかさみしい」

櫻子の瞳が、繊細な逆さまつげが、孤独に耐えるみたいに夜をとらえている。

そうなんだ。なんかさみしいんだ。きらめく夜の東京は。


夕食は、話していたとおり商店街の洋食屋で済ませた。まるで夢のなかのご馳走のような、ぼやけた味だった。デザートに頼んだプリンを待っているあいだ、櫻子がふいに、葬式のことを切り出した。

「お葬式、大変だったみたいだね」

親戚ぎらいな櫻子はあの日、うまく理由をつけて葬式に参加していなかった。

「ママがね、お兄ちゃんはどうせ、私のところに帰ってくるって」

先に出されたコーヒーを飲みながら、平気なふりをしてぼくは答える。

「そっか」

身体の力が、頭のうしろのあたりから、どんどん抜けていく感じがする。

「なんでお兄ちゃんが出ていったのか、全然わかってないの。お葬式のことも、大人たちみんなでお兄ちゃんを悪者にしてるらしくて」

櫻子が悔しげな表情を浮かべていた。だけどぼくは、そんなふうに怒る気持ちになれない。

「いや、本当にぼくが全部悪いのかもしれないよ」

「なにを言うの、お兄ちゃんはなにも悪くない」

笑い者のぼくのせいで、ずいぶんと苦しい思いをしてきたのに、櫻子はどこまでもぼくにやさしい。

「いや、悪いんだ。生まれてきてしまっただけで、ぼくはさ」

親戚に笑われているあいだ、はずかしそうにうつむいていた母の姿が浮かんでくる。

「わたしが行ったら、あの家、子供がいなくなっちゃうね」

「さみしいって思う?」

ぼくがそう聞くと、櫻子は突き放すように言った。

「ううん、ざまあみろって思う」


次の朝、櫻子は家に帰る前に、家具を買うのに付き合ってくれた。正直言うと、ぼくはまだ空っぽの部屋にいたかった。空っぽの部屋に、空っぽな心のまま、ふわりと浮かんでいたかった。

だけど、大盛りのナポリタンを食べたあと、つめたい床に寝るはめになった櫻子に、このままじゃだめ、と叱られてしまったのだ。

「お兄ちゃん、しっかりしなよ。ここで生きていくんでしょう」

いくつもの電車を乗り継ぎ、都心から離れるのにしたがって、こわばっていた櫻子の表情がほどけていった。ぼくは反対に、さびれていく車窓の景色にあの街を重ね、すこしずつ息が詰まっていく。

家具屋に着くと、ぼくたちはまたぴたりと腕を組んで、家具屋の広いフロアを熱心に見てまわった。たまに肩のところに、櫻子のやわらかな髪が触れるのを感じながら。

棚を選び、ベッドを選び、机を選び、それで終わるかと思っていたら、部屋をひとつつくるには、それだけでは全然足りなかった。とにかく、なにもかもが必要なのだ。包丁も、皿もスプーンも、それを置くラックや、カーテンもすべて。

目玉が飛び出そうなくらいお金をつかって、あれもこれもと買い込んでいく。次第に感覚が麻痺して、よくわからない置物やキャンドルのセットなんかも買ってしまった。櫻子の好きなポプリも。

「お兄ちゃん、汗びっしょり」

帰りの長いエスカレーターをくだりながら、櫻子がぼくを振り向いて笑った。

そう言われてはじめて、全身がびっしょりと汗に濡れていることに気がつく。まわりを見ても、そんなふうになっているのはぼくだけだ。

「部屋をつくるのがこんなに大変なんて、ぜんぜん知らなかった。まだまだ必要なものがあるし、すべてそろえても、さらに生活費がかかるし、家賃も払っていかなきゃなんないんだもんなあ」

ため息混じりにぼくが言うと、櫻子はくるりと前を向いて言った。

「なんか、罰みたい」

「罰?」

「生きてくことって、罰みたい。私もじきに受けるんだよね、その罰」

櫻子が、いまどういう顔をしているのかはわからない。だけど細い肩が、折れそうな首筋が、さみしいと言っている気がする。むなしいと言っている気がする。

「じゃあ、そのポプリも罰?」

うしろから顔を覗き込んで、わざと明るく言うと、櫻子はポプリの袋にほおずりをして言った。

「うん、いい匂いのする罰」

家具屋を出ると、びゅう、と強い風が吹いた。汗ではりついたシャツが背中から離れ、またくっついたときのつめたさに、ぴっと背筋がのびる。

五月の日陰はやや寒く、はやく陽の当たるところへ出たいと思うのだが、なぜかとおくの陽だまりが、永遠に近づけないように感じられてならない。

櫻子が発ったのは、その翌週のことだった。

待ち合わせをした空港の入口で、櫻子はおおきなトランクと重いバッグを両手に抱えながら、細い身体でまっすぐに立っていた。それは吹きすさぶ風にも負けない、負けるわけにはいかないとふんばる一本の木のように、頼もしいけれど、どこか哀しげな姿だった。

セキュリティのゲートに向かって歩きながら、櫻子は言った。

「わたし、もうママのところには帰らない」

ぼくはそのうしろをついていきながら答える。

「うん、ぼくも」

「あたらしい場所で、うんと遠いところで、たったひとりで生きていく」

「うん、ぼくもだよ」

すぐにゲートに着いてしまうと、ぼくたちのあいだから言葉が消えた。ただ向き合って、見つめ合いながら、涙をこらえていることしかできない。

やがて櫻子の頰にひとすじの涙が流れると、つられてこぼれだしたように、櫻子はひとことだけ弱音を吐いた。

「お兄ちゃん、わたしどうしよう」

ぼくはなにも答えられず、目頭に、唇の端に迫りくるなにかを覆い隠すように、櫻子を抱きしめることしかできなかった。

帰りの電車で、ぼくはかなしい夢のあとみたいな、ふしぎな余韻《よいん》に浸《ひた》っていた。もしかしたら、本当に全部が夢なんじゃないかと思えるくらいに、かなしいかなしい、余韻だった。

アパートに着くと、ちょうどよく櫻子と選んだ家具が届いた。ぼくはてきぱきとそれらを組み立て、トンカチが必要なときには拳《こぶし》を使った。次第に気分が乗ってきて、シャツを脱いでアチョーとかオリャーとか言っていたら、ようやく、ここで生きていくんだという実感がわいてくる。

そうだ、もう二度とあの家には帰れない。帰るわけにはいかないんだ。

明日は洗濯機を買いに行こう。来週は台所まわりを素敵にしよう。もっともっと補強しなくてはいけない。ぼくだけの部屋、ぼくだけの生活。たとえそれが、ぼくに与えられた罰だとしても。

夜になって、やっと一通り家具が完成すると、真っ白だった壁やフローリングが埋められて、ぼくはもう、そこにあの家の輪郭を見ることができなくなった。

おろしたてのタオルで額の汗をぬぐう。お茶を飲み、一息ついて窓を開けると、今日も新宿がきらめいている。

赤いランプの、火の粉のようなきらめきをじっと眺めながら、櫻子のことを思った。

いま、もうここにはいない櫻子。呼んだって、答えてはくれない櫻子。

ゲートの向こうに去っていく櫻子の後ろ姿が、棺のなかの祖父の姿と重なる。

これって、死んでしまったことと同じじゃないか。

別れ際に抱き合った櫻子の、細すぎる身体から、葬列のように流れ込んださみしさが、いまになって胸をしめつける。行ったんだ。行ってしまったんだ、ぼくの目の前から櫻子は。


「いつかまた、お兄ちゃんの部屋に行けるかな」

「うん、きっと来てよ」

「道を忘れてしまうかもしれない」

「そしたらまた、迎えに行くよ」

櫻子は死んだ。きっとぼくも死んだ。
あの家にはもう、子供がいない。

遊園地

子供たちの笑顔が、ビーズみたいに連なって、ひとつの方向へと流れていく。陽気なネズミは門の向こうで手招きをしながら、その先に広がる世界の素晴らしさを謳《うた》っている。だけどぼくは、どんなにがんばったってそこへは行けないし、行ってはいけない気がしてしまう。チケットを手にしたまま動けなくなっているぼくの脇を、子供たちは風のようにすり抜けていく。

「どうしたの？　早く行きましょうよ」

ひなぎくさんが、チケットを受け取ったまま動けないでいるぼくを急《せ》かした。風に揺れるショートカットの髪から、シャネルの香水のつんとした匂いが漂ってくる。ぼくは街なかでもこの匂いを嗅《か》ぐと、ひなぎくさんを思い出してぴっと背筋がのびる。

「人の多いところって、ちょっと苦手なんです」

ぼくはそんなふうに口からでまかせを吐いた。

「うじうじしちゃって。非常にあなたらしいけど、いつまでもここにいらんないわよ。お金、もう払っちゃったんだから」

ひなぎくさんは苛立ったようにそう言いながら、ぼくの鼻先でチケットをひらひらとさせた。視線は、門の向こう側を泳いでいる。

引っ越し祝いもかねて、みんなで遊園地にでも行きましょう、と言い出したのはひなぎくさんだった。あまり気が進まなかったけれど、ガイドブックを片手にはしゃぐひなぎくさんを見ていたら、とてもじゃないけど断りきれなかった。

ひなぎくさんは、ぼくが働かせてもらっているギャラリーのオーナーで、出会ってもう三年になる。たぶん一回り以上年上だと思うけれど、きちんと教えてもらったことはない。

ひとにも自分にも厳しいひとで、仕事のときはしょっちゅう叱られているけれど、ぼくはいままで何度もひなぎくさんの、ちょっと強引なくらいのやさしさに救われてきた。

自分がなにをしたいのかもわからず、怒りや悲しみをうまく吐き出せないでいたぼくに詩を書きなさいと言ってくれたのもひなぎくさんだし、祖父の葬式のあとだって、ずいぶんとお世話になった。

できれば、このひとをがっかりさせるようなことはしたくない。だけど、どうしても足が動かない。


「まあ、つまんなかったら帰ればいいんだし、気楽に楽しめばいいじゃないか」

振り返ると、タバコを吸いに行っていたとさかさんが、空を覆う、おおきな里芋の葉っぱのようにぼくたちをつつんで立っている。ネルシャツに染み込んだタバコの匂いに、ふしぎと心が安らいでいく。

とさかさんはひなぎくさんの恋人で、ひなぎくさんとギャラリーの仕事をしながら、気ままに写真を撮って暮らしている。年齢は、ひなぎくさんよりずいぶんと若いはずだけれど、やっぱり教えてもらったことはない。

パワフルでせっかちなひなぎくさんとちがって、とさかさんはのんびりしていて、いつ見ても頭にトサカのような寝癖がついている。

ちぐはぐなふたりだけれど、一緒にいるとぼくは、なんのうしろめたさも感じずに、堂々と息をすることができる。

傍《はた》から見たら、せいぜい兄弟ぐらいにしか見えないだろうけれど、ぼくはシャネルとタバコの匂いのまんなかで、世界一しあわせな子供として生まれかわったような気持ちになれるのだ。

あんなに足がすくんでいたのに、一歩踏み入ってしまえば、なんてことはなかった。なにも考えなくていい。なにも考えないまま、渦のようなひとや鮮やかな色の流れに、翻弄《ほんろう》されていればよかった。

いくつかアトラクションに乗って、おおげさな量のポップコーンを頬張り、三人おそろいの帽子をかぶる。

楽しかった。こんなふうに声を出して笑ったのなんて、いつぶりだろう。


子供のころから、ぼくは賑やかな場所が苦手だった。胸のなかのケルベロスが、ぼくが楽しそうにしていると、たちまち吠えて噛みついてくるからだ。

だからぼくは、いつだって人前ではしゃげないし、まわりがどんなに楽しそうにしていても、混ざることは許されなかった。静かに、いつ牙を剝《む》くかもわからないケルベロスと、睨《にら》み合っていなければならないのだ。

やつが胸に棲み着いたのは、祖父の前で、お人形を欲しがってしまったあのときだ。あれ以来、ぼくという王国のなかでは、ぼくが必要以上に口を開かないよう、ぼくがぼくであるということをこぼしてしまわないよう、見張りが必要になったのだ。笑うことだけじゃない。泣くことも、怒ることも、やつはぼくに禁止した。

七歳のころ、家族や親戚みんなでこの遊園地に来たことがある。そのときも、ぼくはみんなと一緒にはしゃぐことができなかった。

賑わいに取り残されるように列のいちばんうしろを歩きながら、唇の端《はし》をきつく結び、つい緩みそうになると、ポケットにこっそりと入れておいたアクリルの宝石を痛いくらいに握りしめる。そうしているとぼくはどんな場所にいたって自分の内側に潜ることができた。

同じように人前ではしゃいだり、笑ったりすることのなかった祖父も、その日はいつも以上に静かだった。窮屈そうなおろしたての革靴を鳴らしながら、ぼくのすぐうしろを、兵隊のようにむすっとした顔で歩いている。

広い遊園地の真ん中には、お姫さまの城が建っていた。祖父がくれた人形がいまにも顔を出しそうな、うつくしいブルーのお城だった。

ぼくは立ち止まってお城を見上げ、ほんの一瞬だけ、まるで息継ぎをするみたいに、自分の好きな世界に浸った。優雅なお姫さまの暮らし。ガラスの靴や宝石がきらめく舞踏会《ぶとうかい》。

しかしそうしているあいだに、いつのまにかほかの親戚たちとはぐれてしまった。すぐ目の前を歩いていた母の姿も、もうどこにも見えない。罰が当たったのだと思った。ケルベロスが、ぼくのなかで、腹をかかえて笑っているのが聞こえる。

泣き出しそうになっていると、背後からにぶい咳払いが聞こえた。振り向くと、そこには祖父が立っていて、まるでぼくが気がつくのを待っていたみたいに、ゆっくりとどこかに向かって歩きはじめた。

早歩きな祖父のうしろを必死でついていきながら、ぼくは背中に何度も謝った。しかし歩いているあいだじゅう、祖父はなにも答えてはくれない。

しばらく探し回っても親戚たちは見つからず、祖父は諦めたようにぼくを丘のうえのベンチに座らせると、近くにあった売店でオレンジのシャーベットをひとつ買ってきてくれた。不機嫌そうに見えるけれど、どうやら怒ってはいないらしい。

けれどぼくは、祖父が怒っていないということがかえって苦しかった。罪悪感で萎《しぼ》んだ胸に、冷えたシャーベットの氷が、ひとつ、またひとつと落ちていく。

丘のうえには人もおらず、まるで世界でたったふたり、ちいさな無人島に流れついてしまったみたいだった。遠くの人波のうえをパレードが船のように流れていくのを見て、もう助からないかもしれない、なんて思う。だけど、不思議と心細くはない。

緊張しながら、隣に腰掛けた祖父の顔を見ると、祖父はパレードを眺めて楽しそうに微笑んでいた。

ぼくはびっくりして、すぐに視線をパレードに戻す。祖父のあんな笑顔を見たのははじめてだったし、見てはいけないもののような気がしたからだ。

丘のうえには、祖父と腰掛けたベンチも、シャーベットの売店も、すこしも変わらずに残っていた。ちがうのは、祖父がいないということだけだ。

ぼくはふたりを誘ってシャーベットを買うと、三人並んでベンチに腰掛けて、それを食べた。

遠くではパレードが、あの日の記憶をなぞるように、ゆっくりゆっくり流れていく。

一日じゅう遊び回ったあと、ひなぎくさんの勧めで、ガイドブックでチェックしていたという列車のアトラクションに乗ることになった。長い時間をかけて、園内をぐるりと回っていくらしい。

いちばんうしろの座席を選んで座ると、列車はすぐに走りはじめた。汽笛の音とともに、まるで映画のエンドロールのように入り口のゲートが現れ、続いてシャーベットの売店や、パレードを楽しむ人の群れが流れていく。背もたれに身体を預けてじっと眺めていると、とさかさんが上着のポケットに隠し持っていたウイスキーを飲みはじめた。

「やだ、あなたお酒なんて持ってきてたの?」

ひなぎくさんが笑っている。

「もちろんさ。きみも飲むだろ?」

とさかさんはそう言って、ちいさなウイスキーのボトルをぼくに差し出した。

「ううん。すくないし、とさかさんが飲んでよ」

遠慮すると、「いいんだよ」と笑いながら、ボトルをぼくの手に押し付けた。

ありがとうございます、と言いながらしぶしぶそれを飲もうとしていると、今度はひなぎくさんがなにか話しかけてきた。けれど汽笛の音がおおきすぎて、うまく聞き取ることができない。

やむを得ず適当に相槌を打つと、ひなぎくさんはなにやらごそごそと、バッグの中身をまさぐりはじめた。なにをやっているのだろう、せっかく景色が綺麗なのに、なんて思っていると、突然「はい」と、おじさんが食べるみたいなチーズのおつまみをぼくにくれた。

ウイスキーのボトルと、チーズのおつまみを両手に持ちながら、ぼくは信じられない気持ちだった。

こんなぼくのために、すくないウイスキーを分けてくれるひとがいる。こんなぼくのために、景色も見ないで、食べるものを探してくれるひとがいる。

列車は長いトンネルに差し掛かろうとしていた。あれを抜けた先には、きっとあたらしい世界が待っている。そこには祖父も母もいない。まっさらで、あたらしくて、まぶしいだけの世界が広がっているはずにちがいない。

ぼくはぎゅっと目を閉じて、両手のものをきつく握りしめた。

間もなくひときわおおきな轟音《ごうおん》が鳴り響くと、列車は長いトンネルにごくりと飲みこまれていった。

ゆずこ

あたらしい生活は、なにもかもが新鮮で、毎日が冒険だ。

困ったことが起きるたび、ぼくは世界ではじめてそれに直面したような気持ちになるけれど、スーパーの日用品売り場に行けば、たいていのことは解決できる。

コンセントを増やす道具。汚れを落とす重曹。滑《すべ》り止めつきのハンガー。

ひとつひとつを発見し、覚えていくたび、ぼくはおどろく。

家の外に、こんなにも広い世界が広がっていたなんて。

ぼくは、すこしも知らなかった。あの家の、母のうでのなかだけが、この世のすべてだと思っていた。

そうやって使ってしまったたくさんの時間を、惜しくないと言ったら嘘になるけれど、少なくともう、ぼくはあそこには戻らない。大切なのはそれだけだ。いちいちのことに勇気がいる、めまぐるしいこの暮らしを、ぼくは結構気にいっている。

だいたい、自分がこんなに頼もしいなんてことも知らなかった。もっと非力でなにもできない、人形のような存在ではなかったのか。

シャツを肩までまくって、あたらしく買った本棚をテキパキと組み立てながら、このしっかりした姿を祖父に見せることができたら、なんて考えて、それを打ち消すように首を振る。そして、また、前を向く。

その日、真夜中に溜まった洗濯をしようとしたぼくは、覗き込んだ洗濯機の深い闇にぞっとした。

それはなにかが、底のほうから落ちてこい、落ちてこいとぼくに誘い掛けるような闇だった。

慌てて洗濯物を放り込み、洗わなくてもいいものまでいっぱいに詰め込んで、電源をオンにする。にぶい音を立てて回りはじめた洗濯機は、怒りを堪《こら》えているみたいに震えている。

その音と振動が、静まり返った部屋をだんだんと満たしていくにつれ、ぼくは窒息しそうになる。

慌ててポケットから携帯を取り出し、ひなぎくさんに電話をかけようとロックを外す。

一人暮らしをはじめてから、パニックを起こすたびに、ぼくはひなぎくさんに電話をかけている。もしもし、というひなぎくさんのハキハキした声を聞くだけで、ぼくは安心できるのだ。けれど通話中なのか、めずらしく電話がつながらない。

つい苛立って、ほかに話のできそうな人を探していると、画面の隅に、不在着信を告げるマークがあることに気がついた。

まったく覚えのない番号だったけれど、ぼくは救いの糸を手繰り寄せるように、その番号へダイヤルしていた。

「久しぶり、元気？」

声を聞いても、はじめは誰だかわからなかった。パニックで、バクバクと早まっていたぼくの鼓動とは正反対の、低くなめらかな女の人の声。

やや拍子《ひょうし》抜けしながら、「元気だよ」と答えてみてからやっと、相手が大学時代の友人のゆずこだと気がつく。

どうやらぼくが東京に出てきたことを人づてに聞いて、わざわざ連絡をくれたらしい。

「いつの間に番号を変えたの？　つながらないんでびっくりしちゃった」

「いや、前のが急にこわれちゃって、連絡のしようがなかったんだ」

こわれたのは本当だけれど、その前からとっくに連絡先はわからなくなっていた。自分から消してしまったから。

「あんたが家を出たなんて、信じられない。ちゃんとやれてるの？」

「うん、なんとかね」

洗濯機は相変わらず苛立ったように震えていたけれど、独特のいやなにぶい音は、ゆずこのハスキーボイスにかき消されて、意識を向かわせなければ聞こえなくなっていた。

ぼくは退屈な無声映画を見限るように洗濯機から離れ、ベッドのうえに寝転がる。

「こないだ、詩集を出したでしょ。まだ半分くらいしか読めてないけど、ちゃんと買ったからね」

「ありがとう。ゆずこも仕事、がんばってるみたいだね」

たまに雑誌をめくると、ゆずこに似たきれいな女の人のイラストが、ページの端で躍っていることがある。

はじめてそれを目にしたとき、クレジットを見なくてもすぐにわかった。画風はやや変わっていたけれど、それはどうしようもなく、ゆずこの作品だった。

「こうして社会に出て、ふつうに仕事をしてるなんて、不思議。出会ったときなんてまだ、お互い子供だったのにね」

ぼくたちは六年前、ある美術大学で出会った。

洗濯機が止まるまでのあいだ、他愛《たあい》のない思い出話をしながら、ぼくはゆっくりと船をこぐように、記憶のひだへと潜っていく。


「ママはね、お父さんに反対されて、美大に行かせてもらえなかったの。女は大学に行く必要なんかないって、お父さん、森のなかで何度も私を叩いたのよ」

小学生のころ、趣味の水彩画をぼくに教えながら、母はよくその話をした。

「昔はね、いまよりずっとずっとこわかったの。おもちゃなんて、絶対に買ってもらえなかったんだから」

ただでさえ厳しい祖父が、それ以上にこわい姿だなんて、ぼくにとっては絵本のなかの鬼やおばけと同じになってくる。

大抵冗談めかして話すので、ぼくも笑いながら聞くのだけれど、その日隣町の植物園で、ふたりで花のスケッチをしていたときは、いつもの話に一言、こう付け加えられていた。

「もし、あのとき美大に行かせてもらえていたら、ママの人生、もっとちがっていたのかしら」

不安になって、咄嗟《とっさ》に母の顔を覗き込むと、母の曇った瞳はスケッチブックと花、しきりに動く水彩の筆先だけにピントを絞っていた。

その狭い世界は、母にとって理想郷のようなところなのかもしれないと想像して、ぼくはおそろしくなった。

母の理想郷には、ぼくがいないのだ。

自分は、母に愛されているのか。母の息子として生まれてくる資格があったのか。

ぼくは、いつもそのことが気になっていた。

一度、母が人形を捨てようとしているところを、こっそり見てしまったことがある。

うつくしいサテンのドレスを鷲摑みにして、ゴミ袋の奥深くに押し込む母の姿は、まるで殺しをしているみたいだった。葬られようとしているのは、きっと人形じゃない。ぼく自身だったに違いない。

いっそのこと、お前なんかいらないとはっきり言ってほしかった。

しかし母は、ひとり理想郷に閉じこもるだけ。できあがるのは、どれもやりきれないくらいにうつくしい絵だった。

気がつくと、ぼくは母の言うことにノーと言えない子供になっていた。どんなに些細《ささい》なことでも、自分の意志に反することでも、頷《うなず》きつづける。

あれを選びなさい、「イエス」。

これを習いなさい、「イエス」。

あの子とは遊んではだめよ、「イエス」。

そうしていれば、すこしでも罪が、ぼくがぼくに生まれついたということの罪が軽くなると信じていた。

美大へ行くことに決めたのも、母に頼まれたからだ。

「ゆうちゃん、おねがい。ママのかわりに、ママの夢を叶えてちょうだい」

そのときぼくは、ものすごいチャンスに巡り合わせたような気持ちになって、張り切って「イエス」と応えた。

母の夢を叶えれば、母を幸せにすることができるかもしれない。

そうすればすべての罪が消えて、母の理想郷に入れてもらえるかもしれない。

ぼくはひとつしか機能のないだめなロボットのように、そんなことばかりを考えていたのだ。


高校からみっちりと予備校に通い詰め、ようやく迎えた試験の日。絵の具の匂いと、ひとの熱気をまぜて蒸したような匂いのする会場で、ぼくはがむしゃらになって、母の好きなオランダの田園風景を描いた。キャンバスにのめり込みすぎて、終了のベルが鳴ってから顔をあげたとき、前のひとの背中に巨大な水車が映って見えたほどだった。

帰りは、会場の外でずっと待っていた母とふたりで神社に寄った。

夕暮れどきの境内で合掌し、一心不乱に合格を祈る母のぎゅっと閉じられたまぶたのしわを、ぼくはぜったいにこわしてはいけないと強く思う。

合格発表の朝、母に連れられて祖父のお屋敷に着くと、ぼくは母がお茶を飲んでいるあいだに、ぶらぶらとお屋敷の裏の森へ入っていった。

ぼくは昔から、この森が嫌いだった。いつ来てもじめじめした空気が漂っていて、それは気を許すとどこまでもついてきてしまいそうな、生きていないものの気配と同じだった。

かいじゅう岩と呼ばれている、いまにも呻《うめ》きそうなおおきな奇岩の横を過ぎ、やや傾斜のある道を下っていくと、途中に狭い獣道《けものみち》が現れる。

そばには深い防空壕が残っていて、森じゅうのどこよりも近づきたくない場所だった。けれどその日は、まるで見えない糸に操られるように、どんどん脚が動いた。

獣道は、いつしか山につながっていた。汗だくになりながら、ざくざくと草を踏んで、険しい山を登っていく。

できれば頂上まで登ってみたかったけれど、たどり着いたのは狭い絶壁だった。縁《ふち》に立ち、おそるおそる崖下を覗き込むと、遥か地上にひとつの生命があった。生命は、刻一刻《こくいっこく》と朽ちていきながら、むき出しになった目玉で、ぼくをじろりと見上げている。

その視線の強さに、思わず後ずさりすると、森のしんとした空気をこわすように、ポケットのなかの携帯が鳴りはじめた。

一呼吸おいて電話に出ると、興奮しきった母の声が、こわれたアラームのように響きだす。

「ゆうちゃんおめでとう、合格ですって！」

せっかく努力が報われたのに、いままで感じたことのない靄《もや》みたいなものが、胸にたちこめていく。

「ああ、よかったよ。ママ」

そう答えて電話を切ると、ぼくはもう一度崖下を覗き、生命に向かって思いきり唾《つば》を吐いた。生命のまっすぐな、嫌味ったらしいほど強い視線が、ぼくの唾にぶつかってあっさりとくだけていく。

山を駆け下りてお屋敷に戻ると、シャワーで汗を流し、正装に着替え、広間で祖父に合格の報告をした。なにを言われるかと緊張していたけれど、祖父は意外なほどあっさりと「がんばりなさい」と言ってくれた。

すると、ぼくが返事をするより早く、おろしたての華やかなツーピースに身をつつんだ母が声を荒らげた。

「どうしてよ。私のときは、そんなふうに言ってくれなかったじゃない」

祖父は、一瞬怒ったように口を開いたけれど、すぐに表情を消して、ゆっくりと広間から出ていった。そのとき、去っていく祖父の背中が、すごくちいさく見えたのを覚えている。

もやもやと沈んでいく気持ちに呼応するように、あの年は春一番の足がおそかった。

もしかしたらこのまま、永遠に春はこないのかもしれない。そんな期待を裏切って、すさまじい突風が街をなでたとき、張り巡らされた電線がまるで笑っているみたいな音を立てた。

ぼくは毎晩、家族が寝静まってからリビングを抜けて、ベランダからこっそり屋根にあがる。

そして夜空を見上げながら、春どころか、もう朝さえ来てほしくないと思っている自分と向きあった。夜はまだ寒くて、でも肌は、些細な春の気配をすぐそこに感じとっている。星がきれいだった。月もきれいだった。なのにどうして、このままではいられないのか。

四月のある日、大仰《おおぎょう》で嘘くさい入学式を終えて外へ出ると、ぼくはひしめくひとの群れからそっと外れて、校舎の裏の桜並木を目指した。

はしゃぐ桃色の花びらは、泣きたいぼくの気持ちなんて、すこしもわかってはくれない。そのことにがっかりしてしまうぼくは、まだすこし、世界に期待をしているようだ。

きつめに結んでいたネクタイを外すと、ネクタイと一緒に、自分までほどけていく感じがした。するとちょうどよく吹いた風がほどけたぼくをさらっていき、残されたぼくはただの抜け殻になっている。

「さようなら」

ぼくは、ぼくだったはずのそれにそっと別れを告げた。

「あのころ、あんた、いっつも桜の木の下にいたよね。私、はじめてあんたを見たとき、幽霊みたいだと思ったんだ」

記憶の回路を泳いでいたぼくは、ゆずこの一言で、ふっと現実へ引きあげられた。部屋の隅では、洗濯機がまだ、かすかな音を立てている。

「やだ、変なこと言ってごめん」

ぼくが黙っているのを、怒っているとかんちがいしたのか、ゆずこは慌てて次の話題を探しはじめていた。ぼくはそれを引き止めるように言う。

「いや、まさに幽霊そのものだったよ。あのころのぼくはさ」

美大に入ってからのぼくは、燃えつきたように無気力で、世界も自分も、なにもかもが空っぽに思えた。

まわりの生徒たちは、あっという間に打ち解けて、休み時間になるごとに夢を語り合ったりしていたけれど、ぼくはそのなかへ入っていく気になれない。そもそも、そんな資格もない気がする。

家に帰れば、瞳をきらきらさせた母に、ぼくは吟遊《ぎんゆう》詩人のように、いんちきなバラ色の学園生活を謳わなくてはいけなかった。母は嫉妬と羨望の入り混じった顔で、うっとりとそれに聞き入り、最後になると決まって涙ぐむ。

「よかったわね。ゆうちゃんは、しあわせものね」

しあわせだ。ぼくだってそう思っていたはずなのに、母に言われるとわからなくなった。ぼくのしあわせって、これ、なんだろうか。


ゆずこは、桜の木の下でいつまでも塞いでいたぼくに話しかけてきてくれた、唯一の同級生だった。はじめは鬱陶《うっとう》しかったけれど、好きな歌手が同じだったのがきっかけで、ぼくたちはだんだんと仲良くなっていった。

「でもゆずこ、あのときなんでぼくなんかに話しかけてくれたの？」

するとゆずこはしんみりした声で答える。

「だって放っておいたらあんた、ほんとにあのまま消えちゃいそうだったから」


ゆずこのおかげで、大学生活はいくらか充実しはじめた。課題が忙しいときは、ゆずこのアパートに泊めてもらって、一晩じゅう課題をしながら、だらだらとおしゃべりをする。

「私は、絶対にイラストレーターになるんだ。そのために、小学校のときから、ずっと絵を描いてきたの。絵本の挿絵を描いたり、広告に使われたり、画集が出たり……って、想像するだけでワクワクしちゃう」

ゆずこは、ぼくにはまぶしすぎるくらいの笑顔で、自分の夢を語っていた。

しかし反対に訊ねられると、ぼくはなんと答えたらいいかわからなかった。

「わからないって、夢もないのに美大へ来るなんてこと、ある?」

確かに、こんな自己主張の坩堝《るつぼ》のような場所に、ぼくみたいなのがいるって、悪い冗談みたいだ。

夢のようなものをあえてひとつ挙げるとしたら、ぼくはこう答えてもよかった。

「母のために死にたい」


一年目の終わりに、ゆずこがあるコンクールで入選をした。

有名な美術誌にも取り上げられ、ちいさなカットの仕事も来るようになり、どんどん未来に向かって前進していくゆずこと、母に愛されることばかりを気にしている自分のあいだには、耐えられないほどの距離ができていった。もちろんそれは、ぼくだけが感じていた距離にちがいない。

やがて学校で見かけても逃げるようになり、連絡先も消してしまった。

「そっか。それで、急に私のことを避けるようになったのね」

あのときのことを打ち明けると、ゆずこはとくに驚いた様子でもなさそうに、淡々と言った。

「うん、そうなんだ」

スピーカーの向こうからカチャ、とちいさな音がする。

ティーカップかなにかの音だろうか。そういえば、ゆずこは紅茶が好きだった。きんと冷やされた、つめたいハロッズの匂いを思い出しながら、ぼくはゆずこがふたたび口を開くのを待っている。

「そんなに悩んでたなんて、気づいてあげられなくてごめん」

ゆずこは、すこし涙ぐんでいるみたいな声で言った。

「やめてよ、そんな。ぼくが弱かったせいなんだから」

そう。ぼくは弱かった。だけどいまは違う。ぼくは自分で家を決めて、自分ひとりのために暮らしている。

母のために生きようとも、死のうとも思わない。

「そうか。じゃあ、挨拶でもしておこうかな。あたらしいあんたに」

「挨拶？」

そう言うと、ゆずこは一度おおきく喉を鳴らしてから、まるで花を咲かせるみたいに言った。

「はじめまして」

すると風がふいて、ぼくは記憶のなかの、あの桜並木に立っていた。

振り返ると、そこにはゆずこがいて、ぼくに手を差しだしている。

おそるおそる手を握り、「はじめまして」と挨拶を返したとき、ぼくはあの日、風にほどけてしまった自分と、やっと再会することができた気がした。弱くて、もろくて、どうしようもなかったあのころの自分。

「ただいま」

そう声をかけると、彼はゆっくり立ち上がって、ぼくにはにかむ。

「おかえり」

いびつに積み重なっていたすべての日々が、まっすぐに正されていく。あたりをつつむのは祝福の桜吹雪と、やさしいゆずこの笑顔だ。

翌週ゆずこは、引っ越し祝いにハロッズの紅茶を持ってぼくの部屋に遊びに来てくれた。

ぼくは、変わった自分を見せようと張り切って、見よう見まねのタイ料理を何品かつくってみせたけれど、どれも味つけに失敗して、慌てて炊《た》いたお米も、水気がなくてカピカピだった。

だけどゆずこは、まずいまずいと笑いながら、そんなぼくの料理をすべて食べきってくれた。

ゆずこはいま、近所の喫茶店の店員に恋をしているらしい。わーすてきだね、といっしょになってはしゃぎながら、その相手がぼくだったら、なんて思っている自分に、とっくに気がついていた。

彼のアパート

銀色の都市が、雨にぬれて光っている。コンクリートじゃない、宇宙船でもない、あれはおさしみの銀。シメサバの銀。皮の裏にはムンムンと、なまぐさい赤身を秘めている。

梅雨《つゆ》の雨は、あたらしい暮らしに奮起していたぼくの気力を削《そ》ぎ、体温すらも奪っていった。頭がうまく働かなくなり、鍋いっぱいにつくったスープは、黴《かび》にやられてだめになった。

なんとか地に足をつけたい一心で、夜の街を一晩じゅう歩いてみるけれど、もがけばもがくほど身体から力が抜け、亡霊のように都市をさまようはめになる。駆け出そうとしても足はむなしく空回り、三つ編みみたいに垂れ下がる。

その夜、川沿いに出ると、いつもは乏《とぼ》しい川の流れが雨のせいで速まり、水位もぐんとあがっていた。なのに音がしない。すこしもしない。

空には暗黒がうずまいていた。黒い雲はやがて霧を使い、すべての境界を溶かそうと迫ってくる。あの霧に呑《の》まれたら、ぼくはまた消えてしまうかもしれない。逃げるべきだろうか。それともこのまま、呑まれてしまうべきだろうか。

ぼくはずっと、決断をくだせないでいる。


「よう、どうしたいきなり」

川沿いにある彼のアパートを訪ねると、重いグリーンのドアの隙間からエキゾチックなお香の匂いがむわんと溢れだした。その匂いを嗅ぐだけで、焦っていた心が落ち着いていく。

「久々にゆずこに会ったら、大学のころのこと思い出しちゃって……それで会いたくなったんだ」

「おー、ゆずこちゃんなつかしい。元気だった？」

彼はあまり関心なさげにそう言うと、絵の具まみれのトレーナーの隙間から、ぽりぽりとお腹《なか》を掻《か》いた。

「うん、元気だったよ」

「ふうん。ま、入れよ」

ドアをしめて、ぼくは靴を脱ぎはじめる。ドアに面したキッチンには、焦《こ》げて真っ黒になった鍋や洗い物が、乱雑に折り重なっていた。

「コーヒーでも飲む？　インスタントだけど」

「うん、ありがとう」

彼はおう、と答えて、コンロのつまみをひねった。ボッ、という音とともにちいさな青い炎が出るのを横目に見ながら、ぼくは部屋に入っていく。

キャンバスやイーゼル、散乱した絵の具を避けて埃《ほこり》っぽい椅子に腰掛けると、一息ついてから、ぐるりと部屋を見渡した。

画家を目指している彼は、渋谷にあるちいさなデザイン会社で働きながら、いまも作品をつくり続けている。荒々しい筆の使い方や、色使い。そして彼自身とこの部屋も、あのころのままだ。あのころのまま、なにも変わっていない。がっしりと膨《ふく》らんでいた肩がほんのすこし骨っぽくなっているのが、変化と言えば変化だろうか。

狭いキッチンでインスタントコーヒーにお湯を注ぎ終えた彼は、壁にもたれて煙草を吸いはじめていた。換気のために開かれたキッチンのうえの小窓に向かって、ふうーっと長い煙を吐き出しながら、ぽつりとつぶやく。

「こんなに霧が濃いと、あのころを思い出すな」

小窓の向こうには、邪悪な霧がうごめいていた。ぼくは、霧がやがてこの部屋さえも侵食していく気がしてくる。

「いやな季節だね」

思わず震えてしまったぼくの声になにかを感じ取ったのか、彼は片手でさっと小窓を閉じた。迷い込んだ霧が、部屋のなかで行き場をなくして、煙草の煙に溶けていく。それを見届けると、ぼくは言った。

「ありがとう」

彼はひどくぶっきらぼうに答える。

「なにが」

真っ赤になった彼の耳と煙草の煙を見つめながら、ぼくは彼と出会ったころのことを思い出していた。


ゆずこを避けはじめたぼくは、学校にいるあいだじゅう旧校舎のふるい画室に閉じこもるようになった。うす暗く、黴の臭いのする画室は、もうほとんど誰にも使われておらず、かつての学生たちが残していった作品が亡骸《なきがら》のように折り重なっていた。

そのなかで、ぼくは自問を繰り返している。ぼくはいったい、なんなのだろう。

二年目のはじめに、作品が学内コンクールの賞を獲った。しかしそれは、母のアイデアと手助けがあってできた、ほとんど母の作品みたいなものだった。

母ははしゃいで、親戚じゅうにそれを自慢していたけれど、それから、ぼくの作品にしつこく干渉するようになった。

本当なら、ぼくはそのことだって歓迎しなくてはいけないのに、心が苦しかった。だけど苦しいなんて思っている自分が、ますますいやになってくる。

学校への行き帰り、時折雑踏《ざっとう》のなかで立ち止まると、ぼくは自分が透明になったような感覚に浸りながら、行き交う人々を眺めた。進もうとする方向に、迷いなく進んでいく人々の確かな足取り、眉間《みけん》に浮かぶ苛立ち、汗。

すべてが疎《うと》ましかった。すべてがぼくにないものだった。

季節は梅雨。曇った窓から覗くと、濃い霧が街じゅうをつつんでいて、画室に立ち込める黴の臭いは、コンクリートへ染み込もうとする霧の気配のようにも感じられる。

頭がパンクしそうになると、誰かの置き忘れた毛布をかぶって床に寝転がり、蛹《さなぎ》のように固まった。目を閉じると、こおりそうな床のつめたさを、だんだんと身体が吸い上げていくのがわかる。

耳を澄ますと、錆びた蛇口、壁を這《は》うパイプから、微《かす》かな水滴の音が聞こえてくる。

一定のリズムを保って流れるその音に、ぼくは存在のすべてを預けた。

そんな画室に、あるとき突然やってきたのが彼だった。作品や備品が入り組んでうんと狭くなった入り口を器用にくぐり抜けてきた彼は、探検家のような目つきでまじまじと画室のなかを眺めると、そのなかにぼくの姿を見つけて、すこし驚いた顔をして言った。

「きみ、ひとりでこの部屋使ってるの？　あっちの校舎、ひとでいっぱいで困ってるんだ。もしよかったら、おれもここ使いたいんだけど」

たくましい喉元《のどもと》から発せられる、芯の通った低い声。ぴたりとしたグレーのシャツからは、雄々《おお》しい筋肉がマルスの胸像のように浮き上がっている。

なぜか猛烈に胸がざわめいて、いいよ、と答えた声がうわずった。

それから彼とぼくは、いっしょに画室を使うようになった。使うと言っても、ぼくはなにもせず、ただ画室に寝そべっているだけだったけれど。たまにとりとめのない会話をすることもあった。彼もゆずこと同じように、夢を叶えるためにこの大学へやってきたらしく、一度話し出すと、無邪気な子供みたいな顔で、将来の展望を語った。

空っぽのぼくは、そのことにも胸が痛んだけれど、それよりも彼の肉体から放たれる、男としての真っ当さがまぶしかった。

ぼくは、ずっと自分の性別がわからなかった。

漠然と男であるという認識はあったけれど、お姫さまの人形を欲してしまったあの日からそれは踏みつけられ、誰かのこすりつけてくる消しゴムに磨耗《まもう》され、自分ではもうほとんど見えなくなっていた。

そして母にそうであったように、ぼくは世間に対してもノーとは言わなかった。お前は女か、「イエス」。

お前は「おかま野郎」か、「イエス」。

お前は殴られたいのか、「イエス」。

人々の言うとおりにしていれば、すくなくともそこに居場所をつくることができるからだ。

笑い者のぼくには、男友達だってできたことはない。流行《はや》っているからと、父が買い与えてくれたゲームを持って公園で遊んでいても、誰も近寄ってきてはくれなかった。まるで、悪いウィルスかなにかみたいに。

絵筆を動かす彼のたくましい腕を見つめていると、どうしても考えてしまう。

もし、こんなふうに生まれていたら。

こんなふうに男らしく、正しく生まれていたら。母や祖父から愛されて、なんのうしろめたさも感じずに、生まれてきたことの償《つぐな》いなんか、しなくても済んだはずだ。

同じ画室で、同じときを過ごしながら、彼とはすべてが正反対だった。それは光と影のように分離しきっていて、交わることは決してない。

彼への羨望は、だんだんと恋に変わっていった。というより恋に置き換えることで、ぼくはありあまる感情の捌《は》け口をつくりたかったのだ。

彼と知り合ってちょうど一年が経った、梅雨の夜だ。

コンペ用の作品を運びだすのを手伝ってほしいと言われ、ぼくは彼のアパートにやってきた。だけど急に雨が降りだしてしまい、作品を運びだすことも、家に帰ることもできないまま、なんとなくふたりでベッドのうえに腰掛けていた。

ベッドサイドのちいさなランプが、雨の音におびえるように、ゆらゆらと頼りなく光っている。

そのとき、ぼくは勢いのまま彼に好きだと打ち明けた。

「ありがとう。応えることはできないけれど、うれしいよ」

すばらしく立派な彼の答えを聞きながら、憎しみで気が狂いそうだった。できることならぼくも、そうやって羨望される立場でありたかった。きみになりたいと、なりたくて仕方がないのだと、叫ばれる存在でありたかった。

ぼくは遠い。なにもかもが遠い。

打ちひしがれていると、彼はイヤホンを耳につっこんで、ベッドにうつぶせになった。

ぼくは思いきって隣にすべりこんで、せつない思いごと預けるように、彼の背中に頭を載せる。

「重い、どけよ」

そう言われても、ぼくはどかなかった。彼はあっさりと抵抗をやめると、諦めたようになにも言わなくなった。

窓の外には濃い霧が、まるで部屋のなかを覗き込む巨大な目のようにうずまいている。

「霧ってこわい。なんだか、どこかへ連れていかれる気がするんだ」

そうつぶやくと、彼は眠ってしまったのか、なにも答えてはくれなかった。

ぼくはいまにも消えてしまいそうなランプの光を見つめながら、ひたすら彼の背中の熱を耳のあたりに感じている。

しばらくそうしていると、寝ていたはずの彼が、ぽつぽつと話しはじめた。

「あのさ、おれ、さみしかったんだ」

寝言のような彼の声に、ぼくはじっと耳をすませる。

「むかし、弟ばっかり父さんに甘えて、さみしかったんだ」

月と星、霧とランプ、彼の孤独と、ぼくの孤独。ぜんぜんちがうと思っていたものが、ひとつになっていく感じがする。

ぼくたちは、互いの境界を溶かしあうように、ひと晩じゅうくっついていた。


「お前、まだ俺のこと好きなの？」

コーヒーと、湿気《しけ》ったクッキーを口に運びながら、何気ないことのように彼は言った。ぼくは当たり前のように、うそをつく。

「好きだよ」

うそだ。本当はもう、これっぽっちも、好きだなんて思うことはない。

だってぼくは、あの桜吹雪から自分を取り戻したのだ。彼のようでなくたって、ぼくを認めてくれる、だめな自分を、そのまま愛してくれるひとたちと一緒に。

「ふうん。もう好きにしろよ」

彼はうんざりしたように吐き捨てながら、どこかまんざらでもなさそうだった。

彼はぼくを知らない。あのころと同じぼくを、あのころと同じ夢を、いまもこの部屋で見続けている。

外では、より深くなった霧が、虎のようにぼくを狙っていたけれど、もう気にしなくても平気だった。

もうじき梅雨が終わる。ぼくは彼を過去に置き去りにして、夏に踏み出していく。

果林

明け方、蟬《せみ》が鳴きはじめると、街に朝の気配が漂いはじめる。

夜のあいだじゅう静まり返っていたビルの群れは、餌を待つ雛鳥のように口を開け、じっとそのときを待っている。

やがて太陽が現れると、ビルたちはいっせいに灼熱を貪《むさぼ》りだした。

宴は黄昏《たそがれ》のおわりまで続き、いっぱいになった腹を、月がつめたく満たして夏の一日がおわる。

ビルたちが囁く。すばらしい日だったね。

ぼくも囁く。まったくすばらしかったね。

だんだんとまぶたが重くなると、涼《すず》やかな夜風と風鈴の音色が、身体をベッドまで運んでゆく。半分現実感を残した淡い夢のなかで、ぼくは砂漠の王になり、ゾウの背中に揺られながら、ゆっくりとまどろみをくだっていく。

くだりきった先にはきっとなにかある。うすもも色の極楽がある。

しかし、ようやく辿りつこうとする寸前に祖父が現れて、ぼくを叱りつける。

「裕一郎、しっかりしなさい」

ものすごい剣幕におどろいて目が覚めると、また明け方だ。外はまだ蟬も鳴いておらず、窓から見える景色のすべてがじっと朝の到来を待っている。ぼくはコップに水を注ぎ込んで飲み干し、祈るような気持ちでベランダに出ると、光を待つ景色の一端になる。


「SPF50、あった。これ」

がさがさと紙袋をまさぐっていた果林《かりん》の手が、なにかを摑んでぴたりと止まった。

「日焼け止めも塗らないで外にいたら、真っ赤になって当然でしょうが」

暑いなか、バイトをする以外の時間をほとんどベランダでぼんやり過ごしていたぼくは、顔じゅうが焼けて、熟《う》れたパプリカのようにはれあがっていた。鏡を見ておどろいて、急いで化粧品会社に勤める果林に連絡をすると、たくさんの日焼け止めと化粧水を持って部屋に来てくれた。

色素のうすい猫っ毛を、ふわりと花柄のバレッタでまとめた果林は、すこし汗ばみながら、袋から取り出した日焼け止めをしゃかしゃかと振っている。ぽん、と音を立てて銀のラインの入った青いキャップを外すと、ちいさな容器からクリーム色の液体が溢れ出した。海水浴場のシャワー室みたいな匂いが、部屋にもわりと漂う。

「そんなの顔に塗るの?」

「いいとこのやつだから大丈夫。さあ、じっとしてて」

やわらかな指がそっと頬に触れると、思わず身体がこわばった。

果林はそれに気がついたのか、一瞬だけ手を止めると、気を取りなおしたようにさっさと乱暴に塗りたくっていく。こういう気遣いを感じるとき、ぼくは果林を愛おしく思うし、自分がふがいなくもなる。

「はい、できた」

おそるおそる差し出された手鏡を覗き込むと、顔が舞妓《まいこ》さんみたく真っ白になっていた。なんだか、自分じゃなくなったみたいで不安になる。

「こんな顔で街を歩くのへんだよ。あと、なんかくさい」

鏡のなかで、真っ白な顔の自分が困った顔をしている。

「大丈夫だよ、すぐに馴染《なじ》むから」

果林はなだめるように言いながら、鏡ごしにぼくの顔を見てクスクスと笑った。

ぼくも急におかしくなっていっしょに笑ってみたけれど、頬が妙に突っ張る。まただ。果林の触れた部分が、凍ったみたいに固まっている。

動揺しながら、それを悟られまいとするぼくをつつみこむように、果林は言ってくれた。

「ゆうちゃん、焦らなくていいよ。ゆっくり、ゆっくり、進んでいけばいいんだからね」

果林と出会ったのは七年前、高校生のときだった。

毎日の予備校通いに疲れ果てていたぼくは、母に隠れて高校の手芸クラブに入り、勉強の合間にこつこつと巾着袋《きんちゃくぶくろ》や、ティッシュケースなんかをつくっていた。一年目の文化祭では、部員の女の子たちと協力し、狭い部室を飾り立てて雑貨屋さんをつくった。お客さんの評判を呼び、先生たちも何人か、ぼくたちのつくったマスコットやポーチを買ってくれた。

お店は大成功だったけれど、ある体育教師は、部室に入ってくるなり舌打ちをして、太った毛虫のような指でぼくのつくったクマのマスコットをつまみあげた。

「お前、気色わるいなあ」

こんなことはしょっちゅうだった。顧問に報告しても、「仕方ないだろう。だったら男らしくしろ」なんて言われるだけで、まったく取り合ってもらえない。

そういう悲しさも、ぼくはどんどん作品につくり変えていった。泣きたいときは泣いてる羊を。くやしいときはくやしげな子猫を。世間からすると「気色わるい」自分が、「いじめられても仕方ない」自分が、なにかを生み出すことができる。それは、いいようのないよろこびだった。

果林は二年目になってクラブに入ってきた、ひとつ年下の後輩だった。親睦会の日に、果林は顔を真っ赤にしながら、ぼくに話しかけてくれた。

「あの、これ先輩の作品ですよね。文化祭で買って、すごく気に入ってるんです」

そう言って目の前に差し出されたのは、偶然にも体育教師が忌々《いまいま》しげにつまみあげていたクマのマスコットだった。縁には、やぶけてしまったところを丁寧に縫いなおした跡がある。

ぼくはまるで、自分自身が大切にされているような感覚を味わっていた。

ぼくたちはすぐに意気投合し、休日になるたびにふたりで手芸屋をめぐったり、図書館でアンティークドレスの図鑑を読みあさったりするようになった。

クラブの活動にもますますのめり込み、予備校も課題もおろそかになった。罪悪感でいっぱいだったけれど、ぼくは夢中で作品をつくり続けた。

好きだ、と告白されたのは、その年の秋のことだ。ぼくは、自分が女の子に好かれるだなんて思ってもみなかったので、ただただ驚いてしまう。

「ぼくなんて気色わるくない？」

苦笑しながらそう聞くと、果林は静かに首を横に振った。まっすぐな瞳は、部室の窓の外に広がる、燃えるような夕焼けを抱きしめている。そのなかに逆光を浴びたぼくのシルエットも含まれていた。そのことが、なぜか泣きたいくらいにうれしかった。

果林と過ごした日々は、どの瞬間もうつくしく彩られている。

並んで自転車を漕いで、遠い手芸屋に行った春の日。夕立に降られ、おそろいの傘を買いに走った夏の林道。

果林が与えてくれる安らぎは、母のそれとはなにかが決定的にちがっていて、はっきりとした答えを出すことはおそろしかったけれど、突き詰めたところにあるのは、きっと母に対してうしろめたい事実にちがいなかった。

母はそれを感じとったのか、付き合ってすぐ、恋人ができたと打ち明けたときから不機嫌になり、ろくに目も合わせてくれなくなった。

櫻子に相談すると、興味なさげに「彼女に嫉妬してるんでしょ」と吐き捨てたけれど、ぼくは胸がチクチクして落ち着かない。

それでも、果林との日々を手放そうとは思わなかった。

母がぼくにつめたくなって、半年ほど経ったころのことだ。

デートから帰ってくると、鞄や棚の奥に隠し入れていたソーイングセットや、果林とふたりで集めた生地の束が、洗いざらいなくなっていた。いつか使うかもしれないと、机の奥に隠し持っていたコンドームの箱もなくなっている。

とっさにいつか見た、人形を捨てようとしている母の姿が思い浮かび、ぼくは確信をもってキッチンにいた母を問い詰めた。それは、母に対してはじめてぶつけた怒りの感情だった。

母はすぐに自分のしたことを認め、ポロポロと泣きはじめた。

ぼくはもっと強く責め立てるつもりでいたけれど、ちいさな涙の粒が、くたびれた頬をぎこちなく流れるのを見つめていたら、自分が悪いような気がしてならなかった。

なぜなら果林と手芸に打ち込んでいるあいだ、ぼくは母のことを、そして自分の罪のことを、ほんの一時でも忘れようとしていたのだ。

謝りたくても、どう言いだせばいいかわからないでいると、母がぼくの腕を強く摑んだ。赤ん坊みたいな母の体熱が、鎖のように全身を縛っていく。

その力強さには気迫があった。まるで地獄に垂らされた救いの糸を、必死で摑むカンダタのようだ。

母は血の池の地獄から、ぼくを見上げて唱えている。

わすれるな・お前の罪を・わすれるな

ぼくは、この母を裏切ってまで、幸せになろうとは思えなかった。

翌日、別れを切りだすと、泣きながらせめて理由を言ってくれという果林に、ぼくはなにも言うことができなかった。

なのに彼女は、最後にぼくの頭をそっとなでてくれた。そんな手のぬくもりすら、母を思うとうしろめたくて、まるで虫をはらうみたいにぼくは果林の手をはらった。

家に帰って、母に果林と別れたことを告げると、母は満足げに「やっぱりね」と微笑んだ。

やっぱりね。なにが、やっぱりなんだろう。

ぼくは見えない鎖につながれて、いつまでも飛び立てない小鳥のように、いつまでも母のそばにいた。

逃げるように手芸クラブをやめると、ぼくは必死で予備校に打ち込んで、あっという間に美大生になった。

それからの日々は、まるで濁流のようにぼくを飲み込み、自分が自分であるという当たり前の感覚すらも奪っていった。

すさまじい流れに翻弄《ほんろう》されながら、何度果林を思っただろう。声を聞きたいと願っただろう。

だけど果林にしたことを思うと、もう二度と会うことはできないだろうと諦めていた。


果林に再会したのは、家を出て、ゆずこに会ったすこしあとのことだ。勇気を出して、ずっと覚えておいた番号にかけると奇跡的につながり、果林は謝りたいというぼくの願いをあっさりと聞き入れてくれた。

渋谷の喫茶店で七年ぶりに見る果林の姿は、記憶していたよりずっと落ち着いていて、ぼくはお互いのざっくりとした近況話をしながら、果林の積み重ねた七年という歳月を思った。

果たしてぼくの七年には、それに等しい重さがあっただろうか。

それからぼくたちはたまに会って、おしゃべりやデートを繰り返す関係になった。あるときは一晩じゅう、ぼくの部屋で編み物をしたりもした。

おおきな毛糸の玉をほどいていると、まるで過ぎていった時間を遡《さかのぼ》っている気分になったし、一心不乱に編み込んでいると、あたらしい道筋をつくりなおしている気分になった。

しかし何度目かのデートの途中で、ふいに果林がぼくの腕を掴んだとき、突然こわくなった。

果林のやわらかい肌の熱に、母の姿が重なったのだ。

果林だけじゃない。ぼくは大学に入ったころから女のひとの熱や、肌のやわらかさがこわくなった。満員電車で触れ合ったひとや、櫻子のことですら、たまにおそろしく思ってしまうこともある。頭ではちがうとわかっていても、ぼくにとってあの熱は、罪を償えと迫りくる母の呪縛の鎖なのだ。

結局自分を取り戻すなんてことは、できないのかもしれない。

不安になるたび、彼のアパートを訪れた。そこにはきちんとぼくがいた。だけど心は晴れない。

今度こそ、果林に見限られてしまうだろう。

おびえていたぼくに、果林はゆっくりでいいと言ってくれた。無理をしなくてもいい、とも言ってくれた。

そのやさしさに縋《すが》るぼくは、どこまでも果林に甘えているのだった。愛されていたいのだった。


ある夜、ぼくたちは浅草の神社のちいさな夏祭りに行く約束をしていた。コンクリートは、昼のあいだじゅう溜め込んだ熱を、夜の色に沈められてもなお放ち続け、行き交う人々の脚を炙《あぶ》っている。

待ち合わせ場所に着くと、果林は涼しげな青いワンピースに身をつつみ、白い脚をぴっとそろえて立っていた。

「お待たせ」

うしろから肩を叩くと、果林はくるりと振り返った。その動きに合わせて、ワンピースの裾がふわりと花びらのように広がっていく。色とりどりの浴衣《ゆかた》がひしめく人ごみのなかで、果林の存在は、まるで涼しげな朝顔みたいだった。

「なに食べる？　たこ焼き、あんみつ、それともかき氷がいい？」

ぼくは、うきうきした果林に寄り添うように、声のトーンを合わせた。

「あんみつがいいな」

「よかった、わたしもなの。おすすめのお店があるんだ。ほら、あっち」

信号の向こうを指差しながら、果林はそっとぼくの腕を摑んだ。これくらいのスキンシップなら、もうすこしも抵抗を感じずにいられる。果林のやさしさに甘えながら、すこしずつだけれど、ふたりで前に進めているという手応えがうれしい。


ふるびた喫茶店のカウンターに並び、同じ白玉あんみつをつつきながら、ぼくはずっと気になっていた、果林が去年までつき合っていたというボーイフレンドのことを聞いてみた。

「どんなひとだったの?」

スプーンの先で白玉を転がしながら、果林はかなしげな目をして言った。

「いっしょに手芸なんてしてくれないひとだった」

普通はそのほうがいいに決まってる。なのに果林は、果林だけは、こうやって罪をつつんでくれる。ぼくは果林に、そのお返しをしなければならない。

あんみつを食べ終えたぼくたちは、出店でハイネケンの瓶を買ってからひといきれを抜け出して、ゆっくりと隅田川沿いを歩いた。川沿いはひともまばらで、ところどころ地べたに座り込んで宴会をしている若者たちがいる。

どぶの臭いのする真っ黒な隅田川は、ぬめぬめと水面を光らせながら、どこかへ向かって絶えず流れていた。目をこらすと、無数の白いクラゲが死んだように水中を漂っているのが見えてくる。気まずい不協和音が風になり、にぶい音を立ててぼくたちのまわりに吹きあれている。

なんとなく無言のまま、あっという間に瓶を空にすると、コンクリートから吸い上げた熱とアルコールが手を組み合って、身体を巡りはじめた。

この勢いに身を任せていれば、今日こそキスくらいはできるかもしれない。

そう思い足を止めると、果林は照れたように微笑み、ゆっくりと幕を下ろすみたいにやわらかなまぶたを閉じた。それを目前にしながら、どくどくと鼓動が早まっていく。

おそるおそる果林の肩を摑むと、前髪に軽くキスをしてから、やわらかい身体を抱きしめた。

右肩にうずめられた顔と、ワンピースの布ごしに、コンクリートの熱とも、自分の熱ともちがう、果林の熱が伝わってくる。

熱はあっという間に身体じゅうに広がり、ぼくの身体を浸していった。

それはある地点までは、心地のいい熱だった。しかし突然チェスの駒が入れ替わるように、母の熱へと変異していく。

地獄の底から、ぼくの身体を引きちぎってでも、這い出そうとする強い力。

ぼくを無言で責め苛《さいな》む、母の力。

思わず果林を突き飛ばしそうになる寸前で、ぼくは静かに身体を離した。

「ゆうちゃん、どうしたの？」

果林がまぶたを開けて、心配そうにぼくを見ている。心臓がばくばくと脈打って、冷や汗が止まらない。

「いや、なんでもないよ」

なんとかそう返事をすると、頭上をドブの臭いのする、いやな風が吹いていった。目前に広がる真っ暗な隅田川が、ゆらゆらと水面を揺らしながら、ぼくに手招きをしている。帰ってこいと呻いている。

あたりの景色のすべてに、ぼくは母を見ていた。もはや空も月も、すれちがうひとも果林も、すべてがぼくを籠《かご》のなかに引き戻そうとする、母だった。

大声で叫びだしそうになるのをぐっとこらえながら、ぼくは言った。

「もう帰ろう」

うん、と答えた果林の目がすこし潤《うる》んでいるのを、ぼくは見逃さなかった。

夜の九時、街を行く恋人たちの時間は、まだこれからだった。なのにぼくたちは、会話もなく、押し黙ったまま駅に向かって歩いていた。

人波が、手もつなげないでいるぼくたちを、さらに引きはがそうと迫ってくる。

「待って」

ひとを避けようと、うしろへ下がった果林が背中に叫んでいる。ぼくはわざと聞こえないふりをして、頑《かたく》なに雑踏を突き進んだ。

地下鉄へと続く階段を降りていたとき、ふいに携帯が鳴りはじめた。見ると、ひなぎくさんからの着信だ。ちょうどいい。一刻でも早く、果林のそばから離れたい。

「ごめん、電話がきたからここで」

「電話って、誰から？」

「誰って、関係ないでしょ。じゃあ、ここで」

そう言い終える前に、ぼくは果林に背を向けて、一気に階段を駆け上がった。

「そんな、待ってよ。こんなところで別れるの？」

ぼくは踵《きびす》を返したまま、一度も振り返らなかった。

やってしまった。また逃げてしまった。いまうしろで、果林がどんな顔をしているかわかる。きっと泣きそうにちがいない。きっと泣きそうにちがいない！

ひなぎくさんからの着信は、出ようとした寸前に切れてしまい、折り返してもつながらなかった。ぼくは諦めて携帯の電源を切ると、地面に開いた地下鉄の通気口にうずくまり、怒濤《どとう》のごとくみっともない言葉を吐いた。

ぼくはなにも悪くない。すべてママのせいだ。ママのせいで、こんな自分になってしまったんだ。

通気口から噴き上がる激しい地下鉄の轟音とぬるい風が、母への憎悪を煽《あお》り立てる。通気口の網目からは、かすかな光の粒が、ものすごい速さで移動していくのが見えた。なんとなくだけれど、その電車には果林が乗っている気がした。

轟音はあっという間にフェードアウトし、どんなに耳をすませてもなにも聞こえなくなった。

のしかかるような重い沈黙に包まれながら、ようやく呼吸が整っていく。

なにをやっているんだ、ぼくは。

見渡すと、コンクリートは熱を出しきり、祭りの賑わいも街から消えかけていた。ぼくだけがたったひとり、ここに取り残されている。

果林とは、それきり連絡が取れなくなった。

祖父の森

過ぎ去ろうとする夏の裾を、だだをこねて引っ張るように、ぼくはアルコールにおぼれた。兎《と》にも角《かく》にもビール。ビールに飽きたらウイスキー、ワイン、紹興酒。

そんなぼくの手をすり抜けて、夏は行ってしまった。いつの間にか夜風は、ずいぶんと涼しげに流れている。

それでもぼくは、まだ半袖のシャツを着て、冷たいビールを飲みながら夏に座り込んでいたかった。

アルコールはいい。宿り木のように頭にもぐりこみ、脳のうんと奥まで食い込むと、そこでふわりと花を咲かせる。

その勢い、咲こうとする意志にぼくの存在は押しやられ、ぼくは自分を手放すことができる。

いつかもこうしたことがあった。いや、この人生は、自分を捨てることの連続でしかなかった。

結局、ぼくには自分なんてものは必要なかったのかもしれない。あんなふうにひとを傷つけるくらいなら、いっそ透明なままでよかった。

果林のことを思うたび、祭りの日のことが蘇《よみがえ》る。

突き飛ばそうとした。果林の身体を、思いきり突き飛ばそうとした。

鮮やかなブルーのワンピースにつつまれた身体が、コンクリートに叩きつけられるイメージが、頭に浮かび上がって離れない。

本当はただ、ふたりでいられるだけでよかったはずだ。果林もそう言ってくれていた。なのにぼくは、なにを焦っていたのだろう。

もしかすると、ぼくは自分が母の人形でも、そして男のにせものなんかでもないということを、証明したかったのだろうか。

迫りくる母の残像に。そして自分を笑い者にした世間に。

そんなことのために、ぼくは果林の身体を利用し、そして拒絶したのか？

だったらいったい、ぼくと母になんのちがいがあるのだろう。


ウイスキーのボトルを手に、夜の新宿をさまよう。いくらいても肌になじまないコンクリートの街を横切り、ひたすらまっすぐに歩いていく。

気がつくと、ぼくはどこかのホテルの日本庭園に立っていた。

立派な桜の木がいくつも立っていて、見上げると、そよそよと揺れる竹林が、雲のように空を覆っている。

ウイスキーの花弁が、ほんのすこし残っていた意識を完全に消しきってしまうのを感じながら、ごつごつとした石畳に腰掛ける。

目をつぶり、背後に流れる人工の滝のうそっぽい音に耳をすませていると、このまま人生からフェードアウトできる気がした。

それでよかった。このまま消えてしまえるのなら、そんなに幸せなことはない。

そのとき、滝の音に混じって、カコーン、カコーンという音が聞こえてきた。なつかしい音だった。気持ちがいいほど規則的な音に、ぼくはじっと耳を澄ませる。

お屋敷のそばの森で、祖父は夏の終わりになると、暖炉のための薪をつくっていた。ぼくはお屋敷に行くたびに薪運びを手伝わされ、空っぽのリヤカーを引きながら、暗い森へ何度も入っていかなくてはいけなかった。

祖父は森の奥で黙々と、汗だくになって薪を割っている。斧を振り下ろすたびに響くカコーン、カコーンという音が、鳥の鳴き声みたく森じゅうへ広がっていく。

森の奥は欅《けやき》の木に覆われていて、洞窟のように暗かった。けれど生み出されたばかりのみずみずしい空気で満ちているのと、ほんのすこしの砂金のような木漏れ日が頭上に瞬《またた》いていて、悪くはない場所だった。

用意していたぶんの木材を割り終えると、祖父は切り株に腰掛け、持ってきた水筒の水を飲み干す。教師時代から使いふるしている銀の水筒には、お屋敷の庭の井戸から湧き出した、甘い水が入っている。

祖父が休憩しているあいだ、せっせと薪をリヤカーに積んでいるぼくに、祖父は母のことを聞いてくる。

「おい、母親はちゃんとやってるのか」

実の娘なのに、ぼくの前ではいつも、そんな呼び方をした。

だいたい、そんなに気になるのなら、母に直接聞けばいいのに。そう思いながらも、ぼくは当たり障《さわ》りのない返事をする。

「うん、元気だよ」

すると祖父は首にかけていたタオルで額の汗をぬぐいながら、独り言のようにつぶやく。

「そうか」

そして口を一文字に結んで、欅の葉に覆われた空を見上げる。ぼくもいっしょになって目を向けると、日が傾いたせいか、救いようがないくらい太陽の光が伝わってこない。

なのに、祖父はそんな森の天井をずっと見つめていた。そのまま固まって、岩石のひとつになってしまいそうなくらいに。


気がつくと、ぼくは庭園の石畳のうえで寝てしまっていた。ひえきった身体を起こすと、あたりに響き渡っていたカコーン、カコーンという音が消え、滝の音もしなくなっている。

改めて見渡すと、この庭園は祖父のお屋敷に、どこか雰囲気が似ているみたいだ。ぼくは悪夢みたいな酔いから醒めてつぶやく。

「おうちに帰りたい」

やっぱり、ぼくには自分なんてものは必要なかったのだ。

みかげ

カーテンレールに引っかけた洗濯物が、壁にジャングルのような影をうつしている。その影のなかで、ぼくは夜ごとせまりくる空白におびえていた。

それはふいに引きずり込まれる思考の空白であり、むごいほどの白さに浮かぶ母の姿であり、祖父の姿であり、果林の姿だ。

だからぼくは、細切《こまぎ》れにアラームを設定した携帯を、いつもにぎりしめている。さまざまなもので満ち満ちた、少なくとも空白ではないこの世界に、きっと帰ってくるために。

その夜、ぼくを空白から救いだしたのは、いとこのみかげからのメールだった。

「一人暮らしはどう?」

ぎゅっと閉じたまぶたの向こうから、まぶしい画面の光が射し込んだとき、ぼくは無限の空白のなかで助かった、とつぶやいた。

ゆっくりとまぶたを開き、画面のまぶしさに目を細めながら、必死になってキーを叩く。

「素敵だよ」

液晶の光は、いつだってあたたかくはない。突き刺すような、そして突き放すような色をしている。

けれどいまの自分にとって、これだけが命綱だった。ここにしか救いがなかった。

一方で、考えてしまう。ぼくは本当に、戻ってきたかったのだろうか。空白ではない、というだけのこの世界に。

「元気ならよかった。なんだかもう、ゆうちゃんに連絡しちゃいけないような気がしてたんだ」

「どうして？」ぼくはわざとらしく返事をする。

「だって最後が、じいじのお葬式だったでしょう。もう私とも、あんまり関わりたくないんじゃないかって思ってさ」

そう、ぼくはあれ以来、みかげへの連絡を絶っていた。

あのときの惨めな自分を、思い出したくなかったからだ。しかしぼくはそんな気持ちを悟られないよう、素早く返事をする。

「葬式のことなんて、もうすっかり忘れちゃったよ」

「本当に？」

ぼくはみかげを安心させようと、またすぐに返事を打ち込む。

「本当だよ。なんなら、近々、ぼくんちにおいでよ。近所においしいケーキ屋さんがあってさ」

「じゃあ、今週末行ってもいい？　来月なんて言われたら、待ちきれない」

もちろん、と気前のいい返事をしてから、ぼくははっとした。

週末といったら、もう明後日じゃないか。

部屋を見渡すと、アルコールの瓶がそこらじゅうに転がり、うんざりするような悪臭を放っている。いつの間に、この部屋はこんなに汚れてしまっていたんだろう。

ぼくは携帯をポケットに入れて、慌てて部屋の掃除を始めた。転がった空き瓶をまとめて、ゴミを袋に放っていく。

ベッドの下に置かれていた、まだ開けていない段ボールのなかには、祖父が買ってくれた人形が入っていた。家を出たあと、いくつかの本や服といっしょに、櫻子が送ってくれたものだ。

梱包をほどき、手ぐしで髪を整えてから棚のうえにそっと置いてみると、まるで止めていた砂時計がふたたび時を刻みはじめたように、なにかが自分のなかで流れはじめていく感じがした。

窓を開けると、やけにせつない横顔をした秋の風が、歌うように、沈み込んでいた部屋のふるい空気を入れ換えていく。

二日後の夕方、みかげはお屋敷からたったひとりでぼくの住む街にやってきた。海外に行くようなおおげさなキャリーバッグを、細い手でごろごろと転がして。

ぼくは改札の前の柱に隠れるようにして立っているみかげを見つけると、わざとうしろにまわって声をかける。

「久しぶり！　相変わらず顔色が悪いね」

みかげは、わっと驚いて振り返ると、にやにやしているぼくを見て、困ったように笑う。

「もう！　けど、相変わらずでよかった」

みかげの前ではいつも、こうやって必要以上におどけて、明るい自分をつくってしまう。たまに疲れてしまうこともあって、それがずっと連絡を取らずにいた理由でもあるのだけれど、いまはなにより自分自身が、そんな明るさに救われていた。

この春大学生になったみかげは、伸ばしっぱなしだった黒い髪をばっさり切って、前下がりの短いおかっぱになっていた。心なしか雰囲気が垢抜けていて、長い前髪の隙間から怯えるように世界を窺《うかが》っていたみかげの姿は、もうどこにも見られない。それがうれしいような、さみしいような気持ちになる。

みかげの代わりにキャリーバッグを引っ張り、並んでアパートに向かって歩きながら、何気ないことのようにぼくは訊ねる。

「叔父さんには、ここに来るって言ってきたの？」

みかげは申し訳なさそうに顔をくもらせた。

「うん。でも……やっぱり、あんまりいい顔はしてなかった」

「そっか。相変わらず嫌われものだなー、ぼくって」

吐いた言葉が、胃液のようにジリジリと喉を焼いている。

「ごめんね、うちのパパが」

「平気だよ、べつにいまさら」

ぼくはそうやって笑い飛ばしたけど、久々に味わう痛みに、歩いているのがやっとだった。ゴロゴロというキャリーバッグの車輪の音が、追いうちをかけるように、心を押しつぶそうと迫ってくる。

みかげと最後に会ったのは、祖父の葬式だった。

硬直し、身体、といっていいのかもわからないくらいに生き物としての質感を失った祖父の亡骸の脇に、ぼくの詩集は置かれていた。

いったいなにが起きているのか、すぐには判断できなかった。親戚たちの蔑み笑いと、母の満足げな笑いが、熱のように思考力を奪っていく。

呆然《ぼうぜん》と立ち尽くしていたぼくのもとに、みかげは大人たちを押しのけてやってきて、耳元で言った。

「ゆうちゃん、ここから逃げて」

みかげの顔を見ると、瞳が真っ赤に充血している。

「おねがい、いますぐ逃げて。こんなところにいたら、ゆうちゃん、殺されちゃう」

ぼくはわからなかった。どうしてみかげが、そんなに必死なのだろう。

しかし、殺される、という言葉が遅れて胸に入ってくると、ぼくはようやくほっとした。

そうだ、殺されてしまう。ここにいたら、自分まで灰にされてしまう。

あのとき、みかげの言葉がなかったら、ぼくはいまだに母のそばで笑われ、蔑まれながら過ごしていたのかもしれない。もしかすると、一生。

アパートに着くと、ぼくが紅茶を淹れているあいだに、みかげははしゃぎながら狭い部屋のあちこちを見ていった。

すぐに段ボールやらゴミやらを押し込んだ納戸が見つかってしまい、ぼくがおどけると、みかげは笑いながら淹れたてのバラの紅茶に口をつけ、火傷をし、それが痛いと言って涙が出るほど笑っていた。ぼくは一緒になって笑いながら、持病のぜんそくが出てしまわないかと、すこし心配になる。

「あ、このお人形」

みかげが、棚のうえに置かれていた人形を指差す。

「むかし一度だけ見せてくれたよね。きれい。まるで新品みたい」

「よごれるたびに、しつこくしつこく洗って、こっそり縫い直してきたからね」

ぼくは得意げになってそう答えたけれど、おそろしいほどきれいなままの人形が、急におそろしく思えてくる。いつまでも錆びず、風化することもないまま、罪を謳い続ける人形。

「そうそう、お土産があるの」

みかげは目尻の涙をぬぐいながら、ベッドのうえに放り投げられていたキャリーバッグを開いた。ふわりとなつかしい匂いがただよってくる。

陽だまりに、つめたい雨に、吹きつける風。降りそそぐすべてのものを、いっぱいに吸った木造のふるいお屋敷。

「この匂い」

ぼくは思わず口にしてしまう。

「うそ、匂いなんてする？」

みかげはそう言って、バッグに鼻を近づけた。

「するよ。これ、お屋敷の匂いだ」

ぼくは目をつむって、肺いっぱいになつかしい匂いを吸い込む。

「やだ、ごめん。嗅ぎたくなかったよね、うちの匂いなんて」

みかげは、慌ててバッグのジッパーを閉じはじめた。ぼくは制止しようと手を出しかけて、急いで引っ込める。

みかげはジッパーを閉じきると、まるで何事もなかったかのように、ぬるくなった紅茶にレモンを絞った。ぼくは引っ込めた手をぎこちなく泳がせ、テレビのスイッチを入れる。

波のように溢れ出した、賑やかな音楽番組の音に乗っかるように、みかげは冗談めかして言った。

「そういえば、お葬式のあと、大変だったんだから！　私、裏切りものみたいに、あっちこっちから責められてさ」

自分が行ったあとで、みかげがどんなに肩身が狭い思いをしたかなんて、いままで考えもしなかった。

「うわぁ、ごめん！」

慌ててそう謝ると、みかげは静かに首を振る。

「ううん、後悔はしてないんだ。だってはじめて、あのときゆうちゃんを、助けることができたんだから」

そう言って、みかげは自分の胸にそっと手を当てた。まるでその奥に、ちいさな星の輝きでも隠しているみたいに。

「でも、役立たずでごめんね。私が事前に伯母さんを止められたらよかったんだけど……」

「いや、みかげのせいじゃないよ」

そう、みかげのせいなんかじゃない。だけど母のせいだ、ともぼくは思えないでいる。

「いったい、なんで伯母さんはあんなことをしたんだろう」

「ママはぼくがうしろめたいんだよ。だから、ちょっとのことでも自慢したがる」

昔からそうだった。しょうもないコンクール用の作文や、酷評された課題の絵だって、まるで天下を取ったみたいに、親戚じゅうに自慢してまわる。おかげで、ますます失笑を買ってもだ。

しかしそれも、ぼくが正しい子供でありさえすればよかっただけのことかもしれない。

「ゆうちゃん、詩、まだ書いてるんでしょう?」

考え事をしていたぼくに、みかげはおそるおそるそう訊ねてきた。けれどその質問には、うまく答えることができなかった。

東京に来てから、何回も紙と向かい合ったし、ペンもあたらしいのを試した。だけどあれ以来、ただの一言だって詩が浮かばなくなってしまった。

消えてしまったのだ。あの日本当に、ぼくの言葉は。祖父の身体といっしょに、永遠に。

わざとらしいくらいの笑顔でみかげの問いをはぐらかしながら、ぼくは陶器製のちいさなシュガーポットに手をつけ、つまみあげた角砂糖を紅茶のなかに落とす。ぽちゃりと音がして、バラ色のしぶきがシャツに飛び散ると、それをペーパーナプキンで拭き取りながら、ぼくはさりげなく話題をすり替えた。

「そうだ、叔父さんは元気？」

みかげは困ったような笑顔を浮かべて、言いづらそうに答える。

「パパはね、おかしくなっちゃった。じいじが死んだ日から、ずっと伯母さんの悪口を言っていたり、私のことも、つくるんじゃなかったなんて言ったり。あとね、庭の木を、ほとんど刈りとっちゃったの。畑も、もうじき埋めちゃうって」

祖父が大切に育んでいた広い庭園。畑では一年じゅう、いろんな野菜や果物を手塩をかけて育てていた。

「いったいどうして……」

「わかんない。だから私、一刻も早く、ゆうちゃんのところへ逃げたかったんだ」

「そっか」

ぼくたちはそこで会話を止めて、つけっぱなしのテレビに見入った。ある女性歌手が、叫ぶように、もう二度と帰れない時代のうつくしさを歌っている。

夕飯は、お土産にもらった畑の野菜をつかって、ポトフをつくった。おそらく、祖父が育てた、最後の野菜だろう。味のちがいなんてわからないけれど、スーパーで買う野菜よりもほんのすこし甘い気がする。

みかげはおいしいと言って食べてくれたけど、すぐにスプーンを置いて崩れるようにベッドにもたれかかった。

「ごめん、ちょっと休もうかな」

そう言うと、まるでバッテリーが切れたみたいにすやすやと寝息を立てはじめた。

疲れているのに、無理をしてはしゃいでいたのかもしれない。ぼくは真っ青な寝顔を見つめながら、いつみかげの体調が悪くなってもいいように、バッグから薬を取り出しておいた。

みかげは昔から、あまりものを食べられない。

ふたりともまだ小学生だったころ、いつも遊んでいた神社の境内で、駄菓子屋で買ったばかりのお菓子を食べているときだった。みかげは口に放りこんだばかりの麩菓子《ふがし》を、すぐさま土のうえに吐き出した。

「パパに言わないでね。お菓子食べたこと、パパに言わないでね」

そう言って、吐いたものを土に埋めるみかげの背中を、ぼくは戸惑いながら必死でさすった。背中は折れそうに細くて、骨がボコボコと浮き出ている。

みかげはうんとちいさなころから、叔父の選んだもの以外、食べるのも、読むのも、観るのも禁止されていた。ぼくはお屋敷に遊びにいくたびに、みかげにこっそり漫画を貸したり、駄菓子屋へ連れ出したりしていたのだけれど、見つかるたびに叔父はヒステリックにぼくを罵った。

「みかげが、お前のような失敗作になったらどうする」

みかげは叔父が怒鳴っているあいだ、応接間のピアノの下に隠れて、食い入るような目で漫画に読み耽《ふけ》っている。ぼくは、そんなみかげがかわいそうで仕方がなかった。

みかげが中学生になり、ぼくが大学生になったある日、みかげは自分の部屋に閉じこもって一歩も出てこなくなった。

閉じこもった部屋のなかで、みかげはしきりに叫んでいたという。

「ゆうちゃんを連れてきて」

連絡を受けてお屋敷に行くと、叔父は怒りで血走った目で、ぼくの胸ぐらに掴みかかった。

「いいか。お前のせいで、みかげはおかしくなったんだぞ」

みかげは、どこもおかしくなってなんていない。叔父が押しつけたルールや我慢の、ちょっとずつの積み重ねが、それに応えようとするみかげの腕から、こぼれ出てしまっただけだ。

叔父に睨まれながら、ぼくがひとりでみかげの部屋へ入っていくと、ボロボロに荒れた子供部屋のなかで、みかげはぼくを待っていた。

「ゆうちゃんってば遅い。ねえ、漫画は持って来てくれた？　お菓子もある？」

いつもと変わらない調子で甘えてくるみかげの、やせ細ってガイコツのようになった身体に内心ぎょっとしながら、ポケットのなかに隠しておいた漫画やラムネ菓子を机のうえに並べる。

「持って来たよ。ほら」

みかげは、うわあとうれしそうな声をあげると、すぐさま漫画に飛びついた。壁には、爪で引っかいたような痕《あと》があり、それに沿った赤い斑点は、自由になりたいという、みかげの心の叫びのままだった。

だからぼくは、部屋を訪れるたびに窓を開けて、痛々しい斑点や、部屋にこもった悲しみを、できるだけ外に逃がそうとするのだけれど、目の前に広がる庭園の四季は、みかげの葛藤なんてまるでないことみたいに悠々と移り変わっていくのだった。

二日ほど東京観光を楽しんだあと、みかげは帰っていった。キャリーバッグに、めいっぱい土産を詰め込んで、問題ばかりなあのお屋敷へ。

別れ際、みかげは言った。

「私、ゆうちゃんがいて、本当に助かったよ」

「べつに、なにもしてないよ」

ぼくはきっと、親への愛でがんじがらめになっているみかげに、自分自身を見ていたのだ。自分が救われたい、という気持ちのぶんだけ、ぼくはみかげに手を伸ばしたし、漫画やお菓子を持って行った。だからまっすぐにそう言われると、胸が痛む。

「私、がんばって、ゆうちゃんみたいに強くなる。バイトしてお金をためて、パパから離れる。そしたらまた、ゆうちゃんの部屋に来てもいい？」

相変わらず、みかげは細い。風が吹いたら、そのまま連れていかれてしまいそうに、たよりない。

だけど瞳は力強かった。

ぼくは気取ってもちろんだよ、と答えながら、本当は叫び出しそうになっていた。

そんなに強くない。そんなに強くないんだよ。

改札の向こうへ消えていくみかげは、一度もぼくを振り返らなかった。雑踏のなかを、みかげの細い背中は、まっすぐにホームへと降りていく。

そのぴんとした背すじに、みかげの覚悟を見た。


線路にかかった陸橋のうえから、ぼくはみかげの乗った列車を見送った。メタリックな銀色の車両が、あっという間に見えなくなると、ふいに涙がこぼれだす。

ぼくはいったい、なにを泣くのだろう。なにをこんなに悲しむのだろう。

それは嫉妬なのかもしれなかった。問題ばかりでも、苦しくても、帰っていける場所のあるみかげが、うらやましくてたまらない。

ぼくも帰っていきたい。この線路をまっすぐに走って、どんな場所でもいい、どんな地獄だっていい、帰っていきたい。

アパートに戻ると、みかげが忘れていった靴下や小物が、点々と転がっていた。

ぼくはそれを拾い上げると、慌てて匂いを嗅ぐのだけれど、お屋敷の匂いはすでに消えて、すっかりぼくの部屋の匂いに、東京の匂いに、変わってしまったあとだった。

残響

街に嵐がやってきた。激しい雨と風がしきりに部屋のドアを叩き、開けろ開けろと怒鳴っている。まるで過ぎ去った夏の日々が、ぼくになにかを訴えようと舞い戻ったみたいに。

嵐が居座っているあいだ、ぼくはギャラリーのバイトを休み、部屋から一歩も出なかった。ドアを開けてしまったら最後、飛んできたスコップかなにかに、脳天を砕かれてしまう気がする。

脳天から溢れ出すのは血じゃない。脳みそでもない。ただひたすらの無だ。あるいは、空白だ。ぼくは、それを知るのがこわい。

一日じゅうつけっぱなしにしていたパソコンのバッテリーのように、じんじんと熱を帯びた頭をシャットダウンするため、無理やり布団に潜り込む。

しかし眠ろうとすればするほど、みかげから聞いた話が頭のなかを暴れまわる。

それは最後の夜に、ふたりで並んでベッドに寝ていたときのことだ。

本当はみかげのいる間、ぼくはカーペットのうえで眠るつもりでいたのだけれど、どうしても背中が痛くなってしまって、最後の夜はいっしょに眠ることになった。

子供のころに戻ったようなくすぐったさを感じながら布団に潜ると、右側にみかげの熱があった。一瞬、母を思い出して身体がこわばってしまう。

それを悟られないよう、ぼくはできるだけ呑気な話をしようと、凍っていく意識から、明るい話題だけを必死でかきあつめていた。

「そういえば四十九日の日にね、パパと伯母さん、ものすごい言い合いをしたの」

とつぜん話しはじめたみかげに内心どきりとしながら、ぼくはわざと関心なさげに聞き返す。

「へえ。どうして?」

みかげはふう、と呆れたようにため息をついて言った。

「自分は愛されていなかった、あんたのほうが愛されていたって、子供みたいに怒鳴りあってさ。みんなぽかーんとしちゃって、もう見てらんなかったよ」

目を閉じると、真っ黒な喪服を着たまま、子供じみた言い合いをするふたりの姿が浮かんでくる。

母と叔父は、おそらくぼくたちの生まれるずっと前から不仲だった。祖父の書斎へと続く長い廊下には、幼少時代、まだふたりが仲が良かったころの写真が飾られている。よく見ると、写真には真ん中でふたつに引き裂いたような跡があって、無理やりテープでくっつけられていた。

それを母がやったのか、叔父がやったのかはわからない。どちらにせよその写真を見つけたとき、ぼくは殺意のようなものさえ滲んだ裂け目に、恐怖を覚えた。

「私、せっかくなら自慢しあってほしかったな。私のほうが愛されてた、いや俺のほうがって。でも、できないんだよね。あのふたりは、できなかったから、あなっちゃったんだよね」

長男だからと期待をされ、祖父のようになるために努力をしてきた叔父と、女だからと期待されず、夢まで奪われてしまった母は、なにもかもがあべこべでありながら、なにもかもがそっくりだった。まるで迷路に閉じ込められたネズミみたいに、祖父に認められることばかり目指している。

ただ認められたくて、だけど自信のないふたりの姿が、あの日並んで寝ていたぼくとみかげの姿に重なっていく。みんな、同じなのだろうか。ただ、愛されたいだけなんだろうか。

たよりないひとつの線が、もうすこしでおおきな円を描き出す前に、ぼくは深い眠りに落ちた。

嵐が来てから四日ほど経ち、ようやく晴れ間が見えた。日差しにほんのすこし混じっていた夏の面影は、もうすこしも感じられなくなっている。

思い切り窓を開けて、溜め込んでいた洗濯物を干し、久々にギャラリーのバイトへ向かう。

ひなぎくさんは、閉じこもっていたぼくになにも理由を聞かず、友達と行ったというスイス旅行のお土産をくれた。それはちいさな鈴がひとつついた、羊の人形のキーホルダーだった。

お昼になると、久々に三人でランチをとることになった。ギャラリーのシャッターを半分だけ降ろして、近所にあたらしくできたスペイン料理のお店に出かけていく。

ぼくは、ひなぎくさんからもらったキーホルダーを袋から出し、ズボンのベルトに引っかけて歩いた。ふたりのうしろでりんりんと鈴の音を響かせていると、自分はここにいるんだと、世界に必死で叫んでいるような気持ちになる。

舗道には、夏に置き去りにされた蟬の死骸がひとつだけ転がっていた。とさかさんはそれを見つけるなり「これはいけない」と言って、ひょいと指でつまみあげた。

そして大切そうに手のひらのうえに載せると、お店とは正反対の方向にある公園へと歩きはじめた。ぼくとひなぎくさんは驚いて顔を見合わせながら、そのうしろをついていく。

公園に着くと、とさかさんは茂みのなかにしゃがみこみ、枝を使ってせっせと土を掘りはじめた。

どうやら、そこに蟬の死骸を埋めるつもりらしい。

とさかさんの丸まったおおきな背中を見て、ひなぎくさんはバカにしたように笑っていたけれど、本当は誰よりも愛おしくてたまらないのを知っている。ぼくだけが、そのまなざしを見ている。

蟬を埋めたあとは、三人で一本ずつ、花をたむけて合掌をした。とさかさんはインチキなお経を読みつづけていた。

おだやかな秋のつめたい風が、公園の風見鶏を静かに回している。

リリィ

その日、ぼくはどうしてもカレーの味が決められなかった。

手順はまちがっていないし、美味しそうなスパイスだって使ってるのに、混ぜれば混ぜるほど辛くなり、苦くなり、しまいにはコンロさえぐずりだす。

うーんと首を捻《ひね》りながら、お気に入りの皿に盛りつけ、スプーンいっぱいに頰張ってみる。

やはりなんとも間の抜けた味で、喉をすべっていくだらりとした感触に、胸騒ぎすら覚えた。

妙な違和感は、朝起きたときからあった。まるで知らないあいだに断層がずれこんで、バランスをたもっていた日常がわずかに歪んでしまったような。

けれど、はっきりとそれをとらえてしまったら、本当になにもかもが崩れ去っていきそうで、ぼくはさっさとカレーを食べきると、騒がしい夕どきのバラエティ番組にわざとらしく微笑んだりしていた。

食事のあとは、スーパーへ出かける決まりになっている。

賑わうスーパーを何周もまわりながら、また明日もありふれた一日を過ごせると信じて、じっくりと食材を選ぶのだ。

食器を流しに放り込むと、キッチンの電気をつけっぱなしにしたまま、玄関にしゃがみこんでスニーカーを履く。ドアを出ていくとき、ぼくはいつも振り返って、薄暗い玄関から部屋のなかを見渡す。

ワンルームの部屋は狭い。だけど狭いなりに、ぼくはこの部屋を愛おしく思っている。

誰にも奪われることのない、ひとかけの悲劇も存在しない、ぼくだけの部屋。

ぼくだけしかいない部屋。

そのとき、パーカーのポケットに入れていた携帯が、けたたましく鳴りはじめた。スピーカーがこわれてしまっているせいか、まるで子供が泣き叫んでいるみたいに聞こえる。

どきどきしながら、きっとひなぎくさんだろうと言い聞かせ、片手でロックを外して画面を見る。

それは父からのメールだった。

「たったいま、リリィが死にました」

刺すようなキッチンの光を背中に受けながら、ドアにできた自分の影を見つめる。

いまここに、ぼくはいる。

この確信を、もうぜったいに手放したくないのに、運命はいつもこうしてぼくを笑うんだ。

父に電話をかけながら、ぼくはスーパーに向かって歩きはじめた。もはや買い物なんてどうでもよかったけれど、揺り戻しを図ろうとする運命に、どうしても抗いたかった。つめたい夜の、死の気配のする空気が、誘惑をするように脚にからみついてくる。

おそろしいほど均一に響くコール音は、ゴロゴロと回るルーレットのように不安を煽る。思えば父と電話をするのははじめてだ。最後に話したのだって、もう記憶にないくらい前のことだ。

八回ほどコール音を鳴らしたあと、父はようやく電話に出た。

「元気か」

電話口の父は、ふるい友人にするようなぎこちない挨拶をした。その声は、記憶しているよりずっとしわがれていて、まるで老人みたいに聞こえる。

戸惑っているぼくの様子を気にもとめず、父は訥々《とつとつ》とリリィの最期を語りはじめた。

「すこしずつ呼吸が浅くなって、最後にうんと伸びをしたかと思ったら、そのまま眠るように死んだんだよ」

「そうですか」

どう会話をしたらいいかわからず、ぼくは他人のような返事をしてしまう。しかし、やっぱり父はそんなぼくにかまわず、しみじみとリリィのいた日々をなつかしんだ。

「あのころ、楽しかったよな。こいつ、すばらしいやつだったよな」

子供のころ、母にいやいや通わされていた絵画教室の帰りに、櫻子と立ち寄ったペットショップ。牢獄のように連なったケースのちょうどまんなかに、生まれたばかりのリリィはいた。はじめて目にした、トイ・プードルという種類の犬だった。

埃のように真っ黒な毛のなかから、自分を取り巻く世界をじっと見つめるリリィの姿は、なにかにおびえているようで、櫻子はそれがぼくにそっくりだと言って笑った。ぼくは納得がいかないふりをしたけれど、悪くはない気分だった。

お店のおばさんは、試しに抱いてみるかと訊いてくれた。だけど、ぼくたちはさわったらこわれてしまいそうなリリィのちいささに怯《ひる》んで、どうしても抱くことができなかった。

毎週絵画教室が終わると、ぼくたちはリリィに会うため、ペットショップに通いつづけた。

本当は母に頼んで飼わせてもらいたかったけれど、寄り道を叱られると思うと、どうしても言い出せない。母はぼくたちがルールを破ることに厳しくて、いったん怒り出したら機関銃のように止まらなかった。そして、そのあとは決まって泣きじゃくる。

感情の崩れた母を落ち着かせるためには、ぼくと櫻子がテディベアにならなくてはいけなかった。テディベアのように抱きしめられ、感情の受け皿になるしか、母を笑顔にする方法はない。

母の腕のなかでぎゅうっと押しつぶされていると、密着した肌からかなしみや怒りがどくどくと流れ込んできて、まるで自分の身体が、母の汚れを吸い込むスポンジになったみたいな気持ちになる。ぼくたちは、その時間をじっと耐えるしかなかった。

そのあいだにも、リリィはケースのなかですくすくと大きくなり、ぼくたちの差し出した餌を、食べてくれるようにもなっていた。

ふた月ほど経ったころのことだ。店の隅のケージに入れられていたおおきなレトリバーが、突然店からいなくなった。

毛並みのきれいな、立派な犬だった。名前は、オスカーといった。

ケージに残されていた値札には、リリィよりずっとずっと安い値段が刻まれている。ぼくと櫻子のお年玉でも買えそうな、おもちゃみたいな値段だった。

売れたのではない、ということがなんとなくわかると、ぼくは背中にナイフを押しつけられたみたいな気分になる。

思い浮かんだのは、いつかテレビで見たおもちゃ工場のベルトコンベアの映像だ。決められた範囲のなかを一定の速さで、絶えず流れていくコンベアのうえに、できあがったばかりのおもちゃが載せられていて、そこからできのいいものだけが選ばれて商品にされていく。

できそこないはポイポイと、コンベアの果てに落ちていく仕組みだった。けれどカメラは、その果てになにがあるのかを映さない。

ぼくはきっとおそろしいものが、なにもかもを溶かす釜のようなものがあるにちがいないと想像して、テレビの前で震えあがった。

オスカーもきっと、あの闇に落ちていったのだ。このまま誰にも飼われなければ、リリィもじきに落ちていくにちがいない。

意を決して母におねがいをすると、母は案の定ぼくたちをこっぴどく叱りつけた。けれど、もともと動物好きだったこともあって、あっさりとリリィを飼うことを認めてくれた。

櫻子は叱られていたことも忘れて、飛びあがってはしゃいでいたけれど、ぼくは音もなくペットショップから消えていったオスカーのことが頭から離れず、それから何度も夢に見てはおねしょをするようになった。

夢のなかでオスカーは、ぼくに向かって吠えている。

生まれてくるんじゃなかったと吠えている。

リリィが来てからもぼくのおねしょはしばらく続いていたけれど、家のなかの空気は、まるでふるいページをやぶいたみたいに変わっていった。

一番変わったのは母だった。リリィのおかげで笑顔がぐんと増え、ちょっとしたことで癇癪を起こさなくなったのだ。

無口で家族に無関心だった父とも、リリィのおかげで会話が増え、少年時代に飼っていた猫の話や、若かったころの冒険の話を聞かせてくれるようになった。お酒を飲みながら、いきいきとした様子で父が話しはじめるたび、ぼくたちは夢中になって聞き入った。母も楽しそうに笑っていた。

休みの日になると、父はかならず車を出して、家族をどこかしらに連れていってくれた。

リリィが走りまわれる公園や、広い砂浜のある海岸。

リリィはどこへ行っても褒められる、うつくしい犬に成長していった。長い足は馬のように大地を蹴り、瞳はきりりと黒真珠のようにかがやいている。

ぼくたち家族は、そんなリリィが自分たち家族の象徴であるかのように、芝生や砂浜に堂々とおおきなマットを敷いては、なにかの真似事みたいな団欒《だんらん》を、人前でしつこく繰り返していた。


けれど、しあわせな時間は、そう長くは続かなかった。リリィが、家族に寄り付かなくなったのだ。

リビングのはしっこで、リリィが暗い目をしていることに気がついたとき、ぼくたち家族は晴天をあっという間に雲が覆っていったみたいな気持ちでいたし、降りつける雨はすぐに過ぎ去るものと信じていた。

だけど、本当はすこしずつだったはずだ。ぼくと櫻子がそうであったように、あの家のスポンジとして、リリィの瞳はきっとすこしずつ、曇っていたはずなのだ。

やがて家族で出かけることもなくなり、父は元の無口な父に、母も元の不安定な母に、そしてぼくたちはただのスポンジに戻っていった。

まるでやぶり捨てたページが、ゆかいな手品によってまた現れたみたいに。

父との電話を切ってから、ぼくはリリィがいなくなったことの意味を、朝になるまで考え続けた。だけど答えは、臆病なぼくには見つけられるはずがなかった。

母の王国

父から連絡があった翌日、ぼくは勇気を出して電車の先頭車両に乗り込んだ。あの街の景色に埋もれないよう、めいっぱいおしゃれをして、東京のひとになりきって。

いくつかの路線を乗り継ぎ、細い糸のうえをなぞるような単線へ突入すると、秋晴れの空に生まれ育った地方都市のシルエットが浮かんでくる。

車窓にもたれかかって、とくに目を引くところのない平坦な景色を眺めながら、ほんとに存在していたのか、なんて思う。ぼくにとってこの街は、むかし見たまぼろしのようなものになりかけていたらしい。

最寄りの駅に着くと、狭いタクシー乗り場は閑散としていた。

バスの時刻表を見にいくと、次に来るのはちょうど四十分後だという。

バス停に置かれたブルーのベンチは日に焼けて白くなり、ところどころが欠けて尖っていた。ずっとずっとこのまま、少なくとも十年以上はここに置かれているはずだ。そのうえには幼稚園帰りの親子が、素知《そし》らぬ顔をして座っている。

決定的ではないほどにこわれたまま、停滞しつづけるベンチと人々。

こういうところだ。こういうところなんだ、この街は。

ぼくはバス停に背を向け、リリィとよく歩いた駅前の裏路地をゆっくりと歩いて家に向かった。

途中、すこし迂回《うかい》してペットショップのあった場所を見にいくと、そこにはあたらしい花屋ができていた。

せっかくだから店に入り、リリィに似合いそうな花をいくつか選んでブーケにしてもらうことにした。

店のひとが包装をしているあいだ、ぼくはレジのカウンターに手をついて、ぐるりと店のなかを見渡す。

柱の形や天井の模様には、なんとなくペットショップだったころの面影がある。だけどオスカーの姿はない。優しかった店員のおばさんもいない。リリィも、あのころのぼくたちもどこにもいない。

「どちらからいらしたんですか？」

お店のひとが、壁に備えつけられた引き出しからリボンを引き抜きながら訊ねた。

「東京から」

ぼくは気取って答える。

花屋を出ると、停滞した街の空気をかき回すようにブーケを振りながら、通り沿いをまっすぐに歩いた。景色はどんどん寂れていき、スーパーもコンビニも、郵便ポストさえもなくなっていく。まるでどこにもつながりのない、深い穴のなかへ落ちていくようだ。

すさまじい密度のわりに、なんの音もしない住宅街に潜っていくと、すぐにあの家が見えてきた。

思わず立ち止まり、すこし離れたところからまじまじと外観を眺める。白い壁と、赤みがかったオレンジ色の煉瓦がやけに童話じみた家。薄暗い庭には色とりどりの花壇と、さるすべりの木が一本だけ立っている。

隅々まで母の美意識が染みわたったこの家は、母がつくりあげた王国だった。ぼくと櫻子はこのなかで、母の従順な家来として、ずっとずっと過ごしてきたのだ。

ぴたりと閉じられたサーモンピンクのカーテンが、家のなかに誰もいないことを示している。ぼくはほっとしながら、櫻子から預かった合鍵を使って、家のなかへと入っていった。

すぐにリリィの亡骸を見る勇気がなく、ぼくは花束を抱えたまま、二階の自分の部屋へと上がってみた。

するとそこは、インクで塗りつぶしたようにまっさらになっていた。ベッドも机も、ひとつ残らず消え去り、壁紙すらもあたらしいものに張り替えられている。櫻子の部屋も同じような状態で、廊下の至るところに飾ってあった家族写真も、すべて取り払われていた。

もしかすると、この家にははじめから子供なんていなかったのだろうか。

ぼくはそんなことを考えながら、それぞれの部屋に花を一本ずつ手向けていく。死んでしまった子供たちへ。

一階に戻り、深呼吸をしてリビングのドアを開けると、サーモンピンクのカーテン越しに夕日がにじみ、部屋じゅうがあたたかな色につつまれていた。

カントリー調に統一された家具と、レースの小物。ガラスケースにびっしりと並んだアンティークのビスクドールに、シュタイフのテディベア。

母の好きなもので埋め尽くされたリビングは、なにもかもに母の目がついているようで、家じゅうでいちばん息の詰まる場所だった。

なのにいまは、すべてがやけに物哀しく映る。まるで子供の夢をいっぱいに詰め込んだまま、埃をかぶっていくドールハウスみたいに。なぐさめるような夕日のやさしさが、ますますその哀しさを際立たせている。

リリィの亡骸は、ソファの前に置かれた、ちいさなリリィ専用のベッドのなかに納められていた。まるで母のコレクションのひとつかのように、リビングの景色に埋もれている。

亡骸の前にしゃがみ込み、そっと身体をなでると、それはすでに生き物の感触ではなくなっていた。ふわふわした毛も、糸を断ち切ったマリオネットのように、どこかくったりとしている。

アルコールで念入りに消毒された祖父の亡骸からは、ほとんど死の匂いがしなかったけれど、ただそこに横たえられているだけのリリィには、むき出しにされた、シンプルすぎる死の姿があった。ちいさな身体のあちこちから、朽ちていく獣の臭いが溢れている。

家を出る前から、リリィがそう長くないことはわかっていた。

しかし弱っているリリィを見てしまったら、せっかくここから出ていった意味を失いそうで、一度も様子を見にくることができなかった。

リリィはそんなぼくのせいでここへ来て、そして死んだ。

その事実だけを、リリィの亡骸は語っている。

そのとき、静まり返っていた玄関のほうから急に物音がした。

「ただいま。誰かいるの？」

母の声だった。買い物袋の擦《す》れる音と足音が、どんどんリビングに近づいてくる。

軽いパニックに陥りながら、ふと視線を落とすと、リリィがそこで微かに笑っているみたいに見えた。

リビングに入ってくるなり、母はぼくを見て、幽霊でも見たかのような悲鳴をあげた。しかしすぐに目をそらして、テーブルに買い物袋を置くと、平気な顔でキッチンへ入っていく。

ぼくはばくばくと鼓動を早まらせながら、一方でこんな瞬間をどこか待ち望んでいたような気もした。なぜなら母が帰ってきたとわかったとき、頬はとっさに笑顔をつくろうとしていたのだ。

買い物袋は、母の好きな近所の洋菓子屋のものだった。まだあたたかいタルトの匂いが、リリィの臭いと絡まって、リビングじゅうにあやしく広がっていく。母はキッチンの食器棚からフォークを取りだすと、ぼくに背を向ける形でテーブルに腰掛け、タルトを食べはじめた。普通にしているけれど、どこかぎこちなく荒っぽい。だいいち、紅茶だって淹れてないじゃないか。

母の背中は、この半年のあいだにやつれ、白髪もすこし増えていた。というより、隠す努力をする余裕がなかったのかもしれない。当たり前だけれど、祖父も、子供たちも、リリィさえも失った母が、たったひとりで平気だったなんてことはありえないのだ。

首筋に汗をにじませながら、黙々とタルトを食べつづける母の姿は、意地を張ったまま、引っ込みのつかなくなってしまった子供みたいに見える。

その姿を見ていると、ぼくは自分が悪いような気がしてくる。

すべてがまちがっていたと、言いたくなってくる。

けれどいま、ここで元の自分に戻ってしまったら、すべてが台無しになってしまう。ぼくをここから救ってくれたひとたちの気持ちも、果林につけた傷も、ひとり死んでいったリリィの孤独さえも。

ぼくは自分がそうしてしまう前に、急いでリビングを出ていくことにした。

母の横を過ぎ去るとき、ちらりと手元を見ると、フォークがもう一本あった気がする。

フォークがもう一本あった気がする。


スニーカーの紐も結べないまま外へ出ると、ぼくは家が見えなくなる前に、一度だけうしろを振り返った。

家は夕日の逆光を浴びて、ブラックホールのような深い闇につつまれている。

まるで家そのものが、母の巨大なドールハウスみたいだった。

本当は、いますぐ母のところに帰りたい。母のところに帰って、すべてを元に戻したい。だけど、帰れない。帰るわけにいかない。いったいなんのために、ここから出ていったというのだ。

ぼくは駅に向かって全速で走りながら、胸の痛みをロケットのようにどんどん身体から切り離していった。

うんと身軽になって駅に着くと、来たときとは逆に路線を乗り継ぎ、新宿に帰っていく。早く、もっともっと早く。汗だくになって何度も祈る。

やっとの思いで新宿にたどり着き、改札を抜けて雑踏に飛び込むと、ぼくは心のなかで思いきり叫んだ。

ここがぼくの街。ぼくだけの世界。

けれどもう、ここが自分の居場所だなんて思えない。

だったらここはどこだ。いったいなぜ、こんなところにいるんだ。

ぼくは雑踏に翻弄されながら、座標を失った船のように右も左もわからない。

「生きてくことって罰みたい」

「生きてくことって罰みたい」

櫻子の声がこだまする。耳をふさいでも離れない。

ぼくは間違っているのだろうか。いつから、間違っていたのだろうか。

鬼ヶ島

「リリィが死んだよ」

そう伝えると、櫻子は電話の向こうで泣き崩れた。

ぼくはリリィが死んでから一度もそんなふうには泣いていなくて、思い切りしゃくりあげて泣く櫻子が正直うらやましいくらいだった。

なにも声をかけてあげられないまま、泣きじゃくる声をただ聞いていると、櫻子はそんなぼくを責め立てるように言った。

「お兄ちゃんは悲しくないの？」

ぼくは戸惑いながら、できるだけ正直に話そうとしたけれど、家に帰ってしまったことまでは言い出せなかった。なんとなく、櫻子に軽蔑される気がしたのだ。

「悲しいよ。けど、なんか泣けないんだ」

それは、ぼくの脳みそが、必死で守っているからにちがいない。

気がついてはいけない。あの命が、あのぬくもりが失われたことのおおきさに、決して気がついてはいけない。

祖父の死に対しても、ぼくはそういう節《ふし》があることを、ようやく認めはじめている。

「お兄ちゃんも私もいなくなって、リリィもおじいちゃんも死んで、ママがとうとう一人になった」

樱子が、終わってしまった夢の背中をぼんやりと目で追うようにつぶやいた。

「わかっていたことだよ。たとえそうなっても、家を出るって決めたんだよ、ぼくたち」

本当はぼくだってずっとそのことが気にかかっているのに、こうやって無関心なふりをしていないと、気が触れてしまいそうだった。

タルトを必死に頬張っていた母の背中を思い出していると、樱子のかすれた声が耳に入ってきた。

「私たち、やっぱり罰を生きていくんだ」

ぼくは動悸をおさえながら、なにをいまさら、というふうに答える。

「ああ、そうだよ」

夕焼けを背に受けたあの家は、夕焼けを背に黒々とそびえ立って、むかし絵本で見た鬼ヶ島のようにも見えはしなかったか。

シュークリームの檻

冬のあいだじゅう、ぼくはひどい喪失感とともに過ごした。まるで胸のまんなかにぽっかりと穴が空いていて、息を吸うたびに、そこからシューシューと空気が漏れていくような。

もちろん、本当に穴なんてありっこない。骨の浮き出た胸は呼吸に合わせて、しぶとく上下に動いている。

だけど、どこか足りない。確実になにかが、リリィの死によってえぐりとられてしまったように思えてならないのだ。

もしかすると、それはリリィが象徴していた、あの幸せな日々なのかもしれない。

かきあつめてもたった数粒にしかならない、かすかな思い出のかがやきすらも、ぼくはリリィとともに失ったのか。

ちぎれそうな日々をつないでくれたのは、ひなぎくさんととさかさんだった。ギャラリーの仕事が終わると、ふたりはかならず、ぼくを食事に誘ってくれる。ふたりのあいだに挟まれてスーパーに着くと、ひなぎくさんのころがすカートに次々と食材を入れていく。

とさかさんはわざとちがうものを入れたり、高いワインを入れたりして、ひなぎくさんに叱られる。ぼくもこっそりお菓子を入れて、レジを通るときにばれて叱られる。

まわりの人たちは、そうやって笑いあうぼくたちを、いつも不思議そうに見ている。

おそらく親子には見えないだろうし、きょうだいや友人同士にも見えないだろう。だけどふたりは、そんな視線には構わないでいてくれる。ぼくはその態度に、いつも救われている。

買い物をすませ、ふたりの暮らしているマンションにつくと、すぐに料理をはじめる。料理をつくるのは、ひなぎくさんとぼくの役割だ。その間、とさかさんはリビングにある、檜《ひのき》のいい匂いのするおおきな広いテーブルで、ギャラリーの経理の仕事を片づける。

まないたを叩く音、鍋が吹きこぼれる音、ひなぎくさんの鼻歌に、ぱちぱちと電卓を叩く音。すべてが、心地よく部屋に流れていた。

この部屋でそれに浸っていると、足の裏からじいんと力が湧いてくる。

リリィのいた日々を失っても、振り返ったすべての日々が悲しくても、いまここから愛おしい瞬間を紡《つむ》ぎ出していける。

ふたりと一緒なら、生きていくことができる。

「卵、割っておいてちょうだい」

ひなぎくさんは、ぼくの大好物の、山椒《さんしょう》がいっぱい入ったチャーハンをつくってくれるらしい。

ぼくははい、と返事をし、キッチンに漂う山椒の香りをいっぱいに吸い込みながら、流しの前で卵を割る。

ガラスのボウルにぶつかった卵は、いびつに割れた殻から、どろりとした白身を溢れさせた。黄身は殻のなかで置いてけぼりになり、指で掻き出そうとしたら破けてしまう。

黄色い液体が手をつたい、シンクのなかを蛇のように細く流れていった。

なんとなくいやな感じがして、ぼくはその卵をさっと水で排水溝に流し込んだ。

「ねえ、ご飯まだかい？　俺もう腹ぺこだよ」

急にキッチンに現れたとさかさんに、びくりと肩がこわばる。とくに理由はないけれど、卵を捨てているところを、なぜか見られたくなかった。

「邪魔ね。ひましてるなら、テーブルのうえでも拭いといて」

そう言って、ひなぎくさんが食器入れのうえに干してあったフキンを手渡す。

とさかさんは「ああ」と答えてテーブルに戻り、ペンキを塗るみたいに丁寧に、端から端までテーブルを拭いていく。

チャーハンができあがると、ぼくがそれをよそう。三つ並んだおそろいのお皿を見ながら、ぼくの心はより満ち足りていく。

ここは理想郷だ。なにもかもを失い、罰を生きるぼくに与えられた、最後の砦《とりで》だ。

ふたりは、こんなぼくといつもいっしょにいてくれる。甘い共犯者でいてくれる。

他愛のない話をしながら食事を食べ終えると、デザートにシュークリームを食べた。ひなぎくさんの淹れた苦みのある紅茶が、カスタードの甘みと溶け合って口のなかで広がっていく。

いつの間にかつけてあったテレビの画面を眺めながら黙々と食べていると、とさかさんが口を開いた。

「こんなこと言ったらあれだけど、ほんとはリリィちゃんのこと、泣きたいんじゃないかな」

ぼくはどきりとして、頬張ろうとしていたシュークリームを、いったん皿に置く。ひなぎくさんは、とさかさんになにか目配せをしている。

しまった、と子供のように顔を歪めるとさかさんをおかしく思いながら、ぼくは答えた。

「確かにそうだと思う。けどリリィが死んだこと自体は、あんまり悲しくはないんです。ずいぶん歳を取っていたし、苦しんで死んだわけじゃないってのもあるけど、でも……」

「でも？」

とさかさんの視線と声が、やけにまっすぐに向かってくる。

「リリィとの思い出まで消えちゃったみたいで、そっちのほうが悲しい。リリィにとっては、うつくしい思い出でもなんでもないのかもしれないのに。結局ぼくもママと同じなんだ。自分のことしか考えてないんだよ」

とさかさんは、なんともいえない表情を浮かべて言う。

「そうか、人間は傲慢だね」

見逃してしまいそうな沈黙が、ほんの一瞬流れる。ひなぎくさんは、テレビに見入るふりをして、話に入ってこない。

ぼくは、どこまでも口を広げていこうとする沈黙を縫い合わせるように言った。

「でも、ふたりがいてくれれば、それでいいんだ。悲しいことなんて、ママやリリィのことだって、忘れられる。ぼくはふたりとここにいられれば、それだけで幸せなんです」

ぼくは、本気でそう信じていた。やさしいふたりに守られながら、まるで子供に戻ったみたいに、ぼくはぼくをやり直せるんだと。

とさかさんは「そうか」と言って淡く微笑む。

その笑顔にほっとしてカップに口をつけると、紅茶をすする音が偶然とさかさんとそろった。ぼくはおかしくなって、ぷっと噴き出したけれど、とさかさんは笑ってはいない。

そのことが妙に引っかかって、でもぼくは、ツルのように触手を伸ばしはじめた不安をカスタードの奥深くに押し込めて、紅茶といっしょに飲み込んだ。

あたらしい子供たち

だんだんと季節は移り、風のなかにもほんのりと春の匂いを感じられるようになった。

気がつくと、陽が落ちるのがずいぶんと遅くなっている。いまはもう夕暮れどきだって影はあんなに黒々としていない。

じき咲く金木犀《きんもくせい》の香りが、細い束のように部屋に舞い込んでくるのがうれしくて、ぼくは一日じゅう出窓を開けておく。こわばった心をほどいていく春の匂いに、リリィや果林のぬくもりを感じながら、それを摑む資格のない自分にちいさく打ちひしがれる。

冬の終わりから、二週間ほど海外まで絵の買い付けに行っていたふたりから、話したいことがある、と連絡を受けたのは、そんなある日のことだった。いつもなら、ちょっとした打ち合わせぐらいならギャラリーで済ませるのに、ふたりはなぜか新宿の、きちんとしたホテルのレストランを指定してきた。

日差しはあたたかいけれど、風はまだつめたい。三月のおわりらしい日だった。すこし遅れてロビーに入っていくと、広いロビーにぶらさがったシャンデリアのしたで、とさかさんが心細そうに立っていた。正装をするまわりの大人のなかで、よれたトレーナーを着た細身のとさかさんは妙に目立っている。

「どうしたんですか？　こんなところなんて、らしくない」

そう声をかけると、とさかさんは照れくさそうにはにかむ。

「せっかくだから、ちょっといいところへ来てみたかったんだ。ひなぎくは先に入ってるよ」

レストランに向かって歩きはじめたとさかさんの歩調に追いつこうと、ぼくはやや早歩きをする。いつものことだ。

「それであの、話って？」

待ちきれず歩きながら訊ねると、「まあ、いいことだよ」と言って、適当にはぐらかされてしまった。

だけどぼくは、内心ふたりの言うことを予想していた。たぶんふたりは、とうとう結婚することにしたんだろう。

だから、ぼくは待ち合わせのギリギリまで編み物なんかして、三人おそろいのキーホルダーなんてつくってきてしまったんだ。

広いレストランにはおおきな窓がついていて、沿道の桜並木がよく見えた。あまりにもきれいなので、スクリーンに映った映像でも見せられているような気持ちになる。

ひなぎくさんは、窓際のちょうど真ん中のテーブルに腰掛けていた。とさかさんとちがって、きちんとした青い、よそ行きのワンピースを着ている。見たことがないから、たぶん下ろしたてなんだろう。

「あら、やっと来たの」

手元に置かれた口の狭いグラスには、ピンクのスパークリングワインが半分ほど入っていた。

「寝坊しちゃって」と軽く謝りながら、ぼくは隣りあって座るふたりの向かいに腰掛ける。

するとひなぎくさんは、グラスをゆらゆらと傾けながら、まるでひとりごとのように話しはじめた。

「春って、気温や着るものじゃなくて、結局は桜で体感するのよね」

窓の外では、ピンクの花びらが燃え盛る炎のように揺れている。

「あのピンクが、ぜんぶ書き換えてっちゃうのよ。冬のいいところもぜんぶ持って行っちゃう。分別のつかないチリトリみたいに」

揺れるワインの波に、炭酸の泡が、溺《おぼ》れた子犬のように翻弄されている。

ぼくはひなぎくさんの言いたいことがよくわからず、ソワソワして落ち着かない。

コースの料理が届きはじめると、とさかさんがようやく切り出した。

「それで、今日ここへ来てもらった理由なんだけど」

グラスを置き、妙にかしこまっているふたりの顔を、ぼくはひやかすつもりで順に見る。ふたりは困ったような微笑みをうっすらと浮かべていた。

「どうせ、結婚するって言うんでしょう？」

なかなか言い出さないふたりに業《ごう》を煮やしてそう言うと、ひなぎくさんは静かにうなずいた。

「あら。わかってたのね」

摑みどころのない、不安定な空気を塗り替えるように、ぼくはできるだけ明るい声で言う。

「おめでとうございます。よかった！　式はあげるの？　もしやるんなら、ぼくが仲人をやったっていいよ」

しかし、ふたりはテーブルのうえに視線を泳がせて、上手にぼくのほうを見ないようにしている。

やっぱり、なにかがおかしい。

ふたりの様子に戸惑っていると、とさかさんが膨らみきったぼくの空元気にすっとナイフを差し込むように言った。

「それで、子供ができたんだ、俺たち」

「え？」

心のなかでぱん、と破裂音がし、その切り口から、激しくなにかが噴き出している。だけどそれがなにかは、すぐにはわからなかった。

ひなぎくさんが、ゆっくりと口を開く。

「いてもいいな、とは思っていたんだけれどね。授かりものだし、あまり無理はしたくないと思っていたら、いまになって急にできたのよ」

おめでたいことなのに、ひなぎくさんはどこかうしろめたそうだった。それはおそらく、ぼくに対してだ。

「ずっと欲しいって言ってたもんなあ、ひなぎく」

「あら、あんたもでしょう」

そのやりとりは、いつものふたりのままだった。自分だけが、テーブルの異物にされてしまったような気がしてくる。

「おめでとうございます」

やっとの思いでそう言うと、ふたりは声をそろえてありがとう、と言った。

「それでギャラリーのことなんだけれど、結構な高齢出産になるでしょう。再来月からたっぷり一年間、お休みにしようかと思って」

ギャラリーのシャッターが閉じられる。次に開いたとき、きっとそこには子供がいて、ぼくの居場所ではなくなっている。

このときようやく、ぼくは自分から噴き出しているものの正体を知った。子供は、奪いにくるのだ。ぼくのふたり、ぼくの場所、ぼくの希望をすべて。

ちらりと見ると、ひなぎくさんのお腹はまだすこしも膨らんではいなかった。だけど、すでになにかがはじまっていて、それは二度となかったことにはできない。

「あの、これ。そんなこともあろうかと思って、つくってきたんです」

動揺を隠しながら、ぼくはポケットに入れておいた手づくりのキーホルダーを三つ差し出した。

ひなぎくさんには黒の猫、とさかさんにはグレーの犬、もうひとつは、猫と犬の混ざった、へんてこな生き物のマスコットがついている。

「やだ、子供のこともお見通しだったのね。うれしいわ、ありがとう」

ひなぎくさんはようやくホッとしたような顔でそう言って、手づくりのマスコットをよろこんだ。

ぼくのポケットは轢《ひ》かれたカエルのようにぺしゃんこになった。


ランチのコースは豪華だった。食べても食べてもメインの魚料理にたどり着けない。

しつこい前菜が終わって、やっとメインが来たころには、すでにお腹がいっぱいになっていた。フォークの行き先を定められず、ふわふわと宙で持て余していると、ひなぎくさんがそれに気がついた。

「あら、いらないんなら私が食べるわ」

ぼくは、どうぞ、と言って皿を動かした。テーブルクロスにこぼれたバジルのソースがしたたって、妙にうらみがましい。

細い指でひょいと皿を引き寄せたひなぎくさんは、銀のフォークを器用に使って、もりもりと魚を平らげていく。

「よくそんなに入るなあ。俺だってもうお腹いっぱいなのに」

とさかさんがお腹をさすりながら、呆れたように笑っている。

「食い意地はってるわけじゃないのよ。いまの私は、特別栄養をつけなきゃいけないんだから」

ぼくのお魚、ぼくのパン。つぎつぎに飲み込んでいくひなぎくさんの横顔を、とさかさんは愛おしげに見つめている。なんだかすぐそこにいるふたりが、ものすごく遠くに感じられた。

子供は祝福されている。

そのことが、ぼくは悔しかった。果たして自分に、こんな祝福があっただろうか。

いや、あったのかもしれない。ぼくだって、こうやって迎え入れられたのかもしれない。

なのに、壊したのだ。ぼくがぼくであるというだけで。

「生きてくことって罰みたい」

このふたりのあいだで、陽の当たる大通りをまっすぐに歩いていけるであろう子供の未来を想像して、ぼくはテーブルクロスに隠した自分の足を、思い切り踏みつけずにいられなかった。

呪ってやる。祝福された子供に、呪いを渡してやる。

しかし、ぼくごときがどんな悪態をついたって、その存在の、呆れるような真っ当さにはかなわない。

なぜなら、子供は祝福されている。ひなぎくさんのやわらかな肌と、とさかさんの細い、だけどたくましい腕に抱かれながら。

それでもぼくは、諦めきれない。どうか一瞬の隙をついて、子供を食い殺してやれないだろうか。

ぼくは雛鳥を狙う鳶《とび》のように、そのチャンスをうかがっている。

しかし鳶は、尖った瞳にどろりとした涙を浮かべると、次の瞬間脱力し、天を仰いでつぶやくのだった。

どうして、生まれてくるのがぼくでないんだろう。

会計を済ませて、薄暗いホテルのロビーを出ると、レストランのなかから見えた桜が、より鮮明に輝いていた。

その前に、卒業式をしていたと思《おぼ》しき高校生たちが集まって、終わってしまった時代を惜しむように抱き合ったり、写真を撮ったりしている。

「卒業かあ」

とさかさんがぼんやりとつぶやいた。

「春だもの」

ひなぎくさんはそう言って、ホテルの脇に植えられたちいさな桜の木に触れた。いくつかの枝には、まだ開いていない蕾《つぼみ》がぽつぽつとあったけれど、咲き誇る花びらたちの楽しげな声に誘われて、はやく咲きたい、はやく咲きたいとうずいている。ぼくはそんな蕾の声すら恨めしく思う。

ひなぎくさんは、打ち合わせがあるからと言って、颯爽《さっそう》とタクシーに乗って去っていった。

「またね」

その背中に手を振りながら、これで最後にしよう、と思う。

あっけない別れだ。あのギャラリーで、行き場のなかったぼくを拾ってくれたひと。ありのままのぼくをみとめてくれたひと。

喫煙所で煙草を吸っていたとさかさんは、いつのまにかうしろから近づいてきて、感傷に浸っているぼくにのんきな声で言った。

「すこし散歩でもしようか」

「うん、そうしましょう」

ぼくたちは、ホテルの脇の階段を降りて、桜の咲き乱れる公園へと潜っていった。

両手を広げ、桜吹雪を全身に受けながら、とさかさんは幸せそうに微笑んでいた。ぼくもそのうしろで、おそるおそる腕を広げてみる。目を閉じると、ふたりで並んで空を飛んでいるみたいな気分になった。

父とほとんど交流を持たなかったぼくにとって、とさかさんはいつでも寄りかかることのできるおおきな木みたいな存在だった。

ひなぎくさんは、木をなでるやわらかい風や木漏れ日、ときには嵐になって、ぼくの季節を回してくれる。絶えず時間を進めてくれる。

ふたりがいない世界なんて、いまのぼくには信じられない。

しかしこのままだと、ぼくはきっとふたりを蝕《むしば》む害虫になってしまうし、子供を殺す鳶にもなるだろう。

だったらぼくは、潔く開け渡したい。それがぼくにできる、ふたりへのいちばんの恩返しだと思うから。

「とさかさん、いままでありがとう」

そう言うと、とさかさんはおどろいたように振り返った。

「なにをお別れみたいに言うんだい。これからだってずっと友達だろう」

まるで恋人とのお別れみたいだ、と思いながら、ぼくは静かに首を振る。

「ぼくにとって、ふたりは友達じゃないんだ」

「じゃあ、これから友達になればいいさ」

「友達なんかいらないよ」

胸が詰まって、握りつぶしたような声を発するのがやっとだった。

桜の葉の揺れる音が、蟬時雨《せみしぐれ》のように響いている。とさかさんは、ぱらぱらと降り注ぐ花びらを浴びながら、なにか言いたげな目をしていた。

ぼくは、その声を聞いてしまう前に、とさかさんのそばから離れたかった。

「とさかさん、素敵なパパになって。きっとぼくみたいな子供が生まれないように」

とさかさんと別れてから、ぼくはしぼんだ風船のようになって、よれよれと公園の出口のベンチに腰掛けた。つめたい春の風が、ぼくのかなしさなんて知らないみたいに、さあっとおでこをなでていく。

長い映画が終わったあとのように脱力していると、隣のベンチからすさまじい泣き声が聞こえた。見るとちいさな子供が、舐《な》めていたアイスクリームを地べたに落としてしまったようだ。

勘のいい蟻たちが群がって、真っ白なアイスクリームを、子供の幸せな一日を、どこかへ運び出そうとしている。

ぼくはそれを見ながら、泣き叫ぶ子供に囁いた。

こっちへ来い。お前も、ぼくのいるところへ堕《お》ちて来い。

すると子供の背後から、父親と思しき青年が走って近づいてきた。ぼくと同年代くらいだろうか。手にはあたらしいアイスクリームが握られていて、額には汗が光っている。

疲れた目で子供をあやしていた母親は、子供より先にそれに気がつくと、ほっとしたように微笑んだ。
なんて素敵な光景なんだろう。子供はどんなによろこぶだろう。
長いおままごとが終わった。
ぼくは、もはやなにひとつ、やり直しが利かないことを知った。

(〇)


確かなものってなんだろう。

思えば、ぼくはずっとそれを探していた。

確かな愛、確かな居場所、確かな自分。

しかしすべてはかげろうのごとくゆらいで、摑もうとすればするほど遠のいて、なにも手に入らない。

伸ばした手が虚《むな》しく空を切っていくとき、決まってあの日のことを思い出す。

「ぼく、本当はお人形さんが欲しかったんだよ」

母の言いつけをやぶり、人形を手にしてしまった瞬間、おだやかな世界は反転し、ぼくは罪の子供になった。。

自分だけが裁かれるぶんにはべつにいい。母までいっしょになって笑われたり、肩身の狭い思いをすることには耐えられなかった。

せめて母だけでも、幸せにしたい。そのためならどんなにつらい思いをしたって、自分が自分でなくなったって、構わない。

そう思っていたはずなのに、ぼくは逃げ出した。

犯した罪も、絡みついてくる母の腕も振り払い、たったひとりで自由になろうとしてしまった。


グレーの都市に浮かぶ空っぽの部屋は、ぼくがはじめて手にした真っ白なキャンバスだった。

おおきな窓からは、陽の光がさんさんと注いで、いままでいた世界とはくらべものにならないくらい明るい。

途方のない自由さに戸惑いながら、ぼくは時間を遡り、ひとつひとつ欠けたピースを嵌《は》め込むように自分を取り戻していった。

ゆずこが再会させてくれた、かつての自分。彼が実感させてくれた、あたらしい自分。

そして七年ぶりに再会することのできた果林とのデート。

果林はぼくの手を、しっかりと握ってくれた。その手を握り返していれば、なにも問題はない。どこまでだって進んでいけるはずだった。

なのに、ぼくは果林を拒絶した。

こわかったのだ。母をひとりにしてまで、幸せになろうとしている自分が。

それからは、まるでドミノが崩れていくようにリリィを失い、リリィと過ごしたうつくしい思い出までも失った。

うつくしい思い出がないならば、帰れる場所もないということだ。

たとえ母がぼくのためのフォークを用意してくれても、あそこには帰れない。帰ってもきっと、同じことを繰り返すだけだ。

目の前にはいま、断崖が広がっている。

まわりには誰もいないし、希望だってどこにもない。最後の希望だったひなぎくさんたちもいなくなった。

きっとこれが、ぼくに与えられた罰なのだ。


木々がひそひそと笑いあう逢《お》う魔《ま》がとき、ぼくは線路にかかった陸橋のうえに立ち、静かにそのときを待っている。遥か前方にちいさな光の点として現れた列車は、ものすごい勢いでそこまで迫ってきていた。

柵《さく》に足をかけると、風が心地よく全身に吹きつける。

このまま目をつぶり、両手を広げて落ちていくだけで、すべてを終わらせることができる。

なのに、いざ飛び込もうとすると身体が動かなかった。

本当に、こんな終わりを望んでいるのか？　罪も罰もなにもかもを、なかったことになんてしたいのか？

考えている間に、特急列車が二本、足の下を通り過ぎていった。

みるみる闇に消えていく列車の轟音を聞き届けながら、ぼくは柵から降りて、陸橋のうえにへたり込む。

終わらせたいわけじゃない。

傷つけたいだけなんだ。

ぼくをひとりにする世界を。

やさしかったひとたちも、すべて。

絶望するぼくの頭上で、風が笑っている。空が呻っている。

全身から力が抜け切ったままアパートに戻ると、出窓から射しこんだ月の光が水のように部屋を満たしていた。四月の終わりだというのに、まるで冬のはじまりのように、狭い部屋は冷え込んでいる。

ベッドに置きっ放しにしていた携帯には、ひなぎくさんからの着信が何回か来ていた。二度と会わないと決めてから数週間経つけれど、ぼくは電話を返していない。

ふたりのあいだで、本物の子供みたいにはしゃぐ自分を見たくないからだ。ほとんど入れるものもないまま、埃をかぶりはじめた棚のうえには、祖父の買ってくれた人形がぽつりと置かれている。

母に捨てられてもゴミ箱からすくいあげ、すこしでもドレスがほつれたり、髪が乱れたりするたび、大切に直してきた。おかげで、買ってもらってから二十年以上経つというのに、まるで新品みたいにうつくしいままだ。うつくしいまま、あの日の思い出をぼくに投げかけている。

「裕一郎、いつも胸をはっていなさい」

祖父が、どんな気持ちであぁ言ってくれたのかはわからない。大人たちの言うとおり、はみだし者のぼくに対する同情心か、あるいはただの正義感だったとしてもおかしくはない。

だけどあのとき、ぼくはとてもうれしかった。

胸がいっぱいに膨らんで、そのまま風船みたいに、どこまでも飛んで行けそうな気がするくらいに。

もしかするとあれが、ぼくがずっと探し求めていた、確かなものだったのだろうか。

ぼくがぼくのままで、ありのままでいてもいいという確信。

だとすると、確かなものなんて、ぼくはとっくにあの日祖父から与えられていたのだ。

なのにぼくは、ひとの嘲笑や母の視線にばかり気を取られて、自分からそれを手放した。そのうしろめたさから逃げるために、死ぬまで祖父を避け続けた。

人形は、うつくしい笑顔の裏側から、ぼくの本当の罪を謳っている。

なぜ手放した。なぜ裏切った。

静かだった窓の外を、塾帰りの子供たちが笑いながら駆けていくのが聞こえた。賑やかな笑い声は、曲がり角に吸い込まれるように消えて、あたりはふたたび静まりかえっていく。

いったい、どこへ帰るのだろう。あんなふうに、屈託のない笑い声を振りまきながら。

時計を見ると、ちょうど夜の九時を回ったところだった。

ぼくは子供たちの背中を追うように、部屋を飛び出した。


大通りに出ると、空き地に乗り捨てられていたふるい自転車にまたがって、一気に国道に出た。巨大な東京に背を向けて、絶えず車の往来する巨大な運河のような一本道を、ただまっすぐにくだっていく。

自転車のペダルは欠けていて、足をすべらせるとくるぶしに引っかかって傷ができた。チェーンも錆びていて、いつちぎれてもおかしくない。

それでもぼくは、がむしゃらに走りつづける。

真夜中を過ぎると、あたりからひとの気配が消え、コンクリートの景色に緑が混ざりはじめた。あたりに立ち込める、深い草木の匂いを知っている。身体じゅうが知っていると叫んでいる。

足を止め、思いきり息を吸い込むと、みずみずしい土と緑の匂いが身体じゅうに染み渡っていく。思い浮かぶのは、母が愛した森。かいじゅう岩の潜む森。看板に見慣れた土地のなまえが混ざりはじめると、自然とペダルを漕ぐ足に力が入った。もうすぐだ。もうすぐで、祖父のお屋敷に帰っていける。

そうしてお屋敷のそばの橋に辿り着いたのは、夜明け前のことだった。全身をかいたことのないくらいの汗が流れ、心の奥にしまいこんでいた五歳の自分が、つるりと顔を出す。

祖父に会いたい。せめてあの日のお礼を伝えたい。

ぼくは自転車を欄干《らんかん》の脇に捨てて、棒のように硬くなった脚を引きずりながら、橋のうえを歩いていく。

橋を渡り終え、通りの脇にある坂道を一気にのぼっていくと、祖父のお屋敷が現れる。

砂利の敷き詰められた庭園と、いばらに囲まれた祖父の平らなお屋敷。ガレージには、持ち主を失った祖父の車が、ぽつりと悲しげに佇《たたず》んでいる。みかげから聞いていたとおり、庭園のほとんどの木は刈りとられ、まるで焼け野原みたいになっていた。

わからない。ここへ来たからといって、いったいなにができるというのだろう。坂道を挟んだ向かいの丘には、祖父が大切に育てていた畑がある。生きていたころ祖父は、近所にある一族の墓地ではなく、そこに自分ひとりの墓を建てたいとよく言っていた。そのことを思い出したぼくは、あがった息を整えながら、ゆっくりと丘のうえに登っていく。

お屋敷を見下ろせる丘のうえに、祖父のお墓は建っていた。一面にあった畑はなくなっていて、そこらじゅうに雑草が茂っている。まるではじめから、なにもなかったみたいに。

つるつると黒光りする、見るからにつめたそうな墓石は、薄闇のなかでむすっと黙り込んでいた。ぼくの背よりはおおきいけれど、まわりの木々と比べれば、見劣りするくらいにちいさい。

その雰囲気が、どことなく祖父自身の姿と重なっていく。

もしかすると祖父は、本当はとても弱い人だったのかもしれない。少なくとも
ぼくや母が思っていたほど、強くはなかったのかもしれない。

ゆっくりと近づき、墓前に膝をついても、祖父がそこにいるという実感は得られなかった。触れながら、ごめんなさい、とつぶやいてみても、祖父に届く気がしない。ありがとう、とつぶやいても変わらない。

祖父は死んだのだ。こんなところに来たって、会えるはずがない。力の抜けた涙が、ぼとぼと膝に落ちていく。

背後からざわざわと音がして振り返ると、お屋敷の横に広がる、かいじゅう岩の潜む森から、鳥たちが勢いよく飛び立っていった。それを目で追っていくと、いつの間にかずいぶんと空が白んでいることに気がつく。

ぼくは立ち上がって、お屋敷と、かいじゅう岩のいる森が、ゆっくりと明るくなっていくのをじっと眺めた。しばらくすると、山の向こうから光の筋が伸びはじめる。

それは、すべてのかなしさをなぐさめるような光だった。お屋敷も、森も、祖父の墓石も、すべてが等しく輝いている。ぼくもいま、その景色の一端になって、いっしょに輝いているにちがいない。

胸のなかでは、まだ後悔や、ふがいない気持ちが渦巻いていた。けれど、輝いている。あたらしい一日が、ぼくにも訪れている。

ぼくはふたたび祖父の墓石と向き合った。なにができるわけではない。過去を変えられるわけでもない。

それでもぼくは、両手をめいっぱい広げ、つめたい墓石に抱きついた。ぴたりと肌を合わせると、きんとしたつめたさがじわじわと肺にまで沁み込んでくる。それに耐えながら必死に手を伸ばし、両手をつなげようと強く肌を密着させた。

あとすこし、あとすこしで指先がつながる。

限界まで伸ばされた左手の中指が、右手の人差し指に触れたとき、ぼくの身体は祖父をつつむまるになった。

ぼくだけじゃない。母や叔父、櫻子やみかげ。祖父をめぐるすべてのかなしみとくるしさが、まるのなかでひとつにつながっている。みんな同じだった。ただ愛されていたいだけなんだ。

その事実の前ではじめて、ぼくはなにもおそれずに、朝と向きあうことができている。

震える背中に、山間《やまあい》から差し込んだオレンジ色の光がかぶさっていく。

ぼくは毛布のような淡いぬくもりに、確かな自分を感じていた。

本書は「ウェブ平凡」（http://webheibon.jp/）連載（二〇一四年一〇月～一五年一〇月）の「ホーム・スイート・ホーム」をもとに再構成・加筆したものです。

少年アヤ

一九八九年生まれ。

著書に『尼のような子』（祥伝社）、『少年アヤちゃん焦心日記』（河出書房新社）。

果てしのない世界め

二〇一六年一二月一六日　初版第一刷発行

著者　少年アヤ

発行者　西田裕一
発行所　株式会社平凡社
〒一〇一―〇〇五一
東京都千代田区神田神保町三―二九
☎〇三（三二三〇）六五八五［編集］
〇三（三二三〇）六五七三［営業］
振替　〇〇一八〇―〇―二九六三九
印刷・製本　大日本印刷株式会社

ISBN978-4-582-83743-8
NDC分類番号914・6
四六変型判（18・3㎝）　総ページ208
平凡社ホームページ　http://www.heibonsha.co.jp/